新発見の隠しエリアにて――
「ここでしか手に入らないものもあっても、
おかしくないわね」

「よし。燃えてきた！」

「【毒性分裂体】！」
新たなスキルの検証にて――

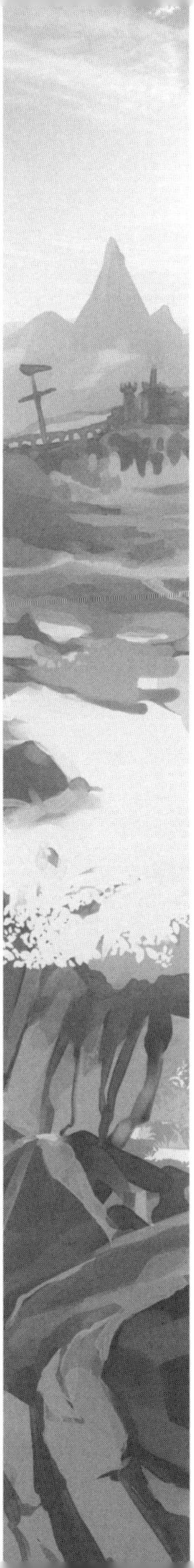

Markus's STATUS
Lv90 HP 560/560
MP 620/620
[STR 20] [VIT 50]
[AGI 30] [DEX 150]
[INT 70]
EQUIPMENT Crafts Tool / Trapper's Mask / Trapper's Cloak / Trapper's Robe / Trapper's Boots / Magician's Book / Retreat Bracelets / Bridge of bonds

EQUIPMENT God's blessing / The Sign of a Saint / Saint's Robe / Steps for Salvation / The Doctrine of Salvation / Overflow Life / Bridge of bonds

Misery's STATUS
Lv90 HP 335/335
MP 485/485
[STR 10] [VIT 55]
[AGI 50] [DEX 30]
[INT 150]

# 痛いのは嫌なので防御力に極振りしたいと思います。

[著] 夕蜜柑
[イラスト] 狐印

16

Welcome to "NewWorld Online".

口絵・本文イラスト
狐印

装丁
AFTERGLOW

# CONTENTS

All points are divided to VIT.
Because
a painful one isn't liked.

0850 1048 4070 7603

# NewWorld Online STATUS

GUILD **楓の木**

NAME **メイプル** Maple

LV **76**

HP 200/200 MP 22/22

## PROFILE

**最強最硬の大盾使い**

ゲーム初心者だったが、防御力に極振りし、どんな攻撃もノーダメージな最硬大盾使いとなる。なんでも楽しめる真っ直ぐな性格で、発想の突飛さで周囲を驚かせることもしばしば。戦闘では、あらゆる攻撃を無効化しつつ数々の強力無比なカウンタースキルを叩き込む。

## STATUS

STR 000 VIT 20730 AGI 000

DEX 000 INT 000

## EQUIPMENT

- 新月 skill 毒竜《ヒドラ》
- 闇夜ノ写 skill 悪食 / 水底への誘い
- 黒薔薇ノ鎧 skill 滲み出る混沌
- 絆の架け橋
- タフネスリング
- 命の指輪

## SKILL

シールドアタック 体捌き 攻撃逸らし 瞑想 挑発 鼓舞 ヘビーボディ

HP強化小 MP強化小 深緑の加護

大盾の心得X カバームーブV カバー ピアースガード カウンター クイックチェンジ

絶対防御 極悪非道 大物喰らい《ジャイアントキリング》 毒竜喰らい《ヒドライーター》 爆弾喰らい《ボムイーター》 羊喰らい《シープイーター》

不屈の守護者 念力《サイコキネシス》 フォートレス 身捧ぐ慈愛 機械神 蠱毒の呪法 凍てつく大地

百鬼夜行I 天王の玉座 冥界の縁 結晶化 大噴火 不壊の盾 反転再誕 地操術II

魔の頂点 救済の残光 再誕の闇 古代ノ海

## TAME MONSTER

Name **シロップ** 高い防御力を誇る亀のモンスター

巨大化 精霊砲 大自然 etc.

oints are divided to VIT. Because a painful one isn't liked

elcome to "NewWorld Online"

6892 1179 0606 0847

# NewWorld Online STATUS

GUILD 楓の木

NAME サリー　Sally

LV 80

HP 32/32　MP 130/130

## PROFILE

**絶対回避の暗殺者**

メイプルの親友であり相棒である、しっかり者の少女。友達思いで、メイプルと一緒にゲームを楽しむことを心がけている。軽装の短剣二刀流をバトルスタイルとし、驚異的な集中力とプレイヤースキルで、あらゆる攻撃を回避する。

## STATUS

[STR] 155　[VIT] 000　[AGI] 200
[DEX] 045　[INT] 060

## EQUIPMENT

- 深海のダガー
- 水底のダガー
- 水面のマフラー skill 蜃気楼
- 大海のコート skill 大海
- 大海の衣
- 死者の足 skill 黄泉への一歩
- 絆の架け橋

## SKILL

疾風斬り　ディフェンスブレイク　鼓舞
ダウンアタック　パワーアタック　スイッチアタック　ピンポイントアタック
連撃剣Ⅵ　体術Ⅷ　火魔法Ⅲ　水魔法Ⅲ　風魔法Ⅲ　土魔法Ⅲ　闇魔法Ⅲ　光魔法Ⅲ
筋力強化大　連撃強化大
MP強化大　MPカット大　MP回復速度強化大　毒耐性小　採取速度強化小
短剣の心得Ⅹ　魔法の心得Ⅲ　短剣の極意Ⅵ
状態異常攻撃Ⅷ　気配遮断Ⅲ　気配察知Ⅱ　しのび足Ⅰ　跳躍Ⅵ　クイックチェンジ
料理Ⅰ　釣り　水泳Ⅹ　潜水Ⅹ　毛刈り
超加速　古代ノ海　追刃　器用貧乏　剣ノ舞　空蝉　糸使いⅩ　氷柱　氷結領域
冥界の縁　大噴火　水操術Ⅷ　変わり身

## TAME MONSTER

Name 朧　多彩なスキルで敵を翻弄する狐のモンスター

瞬影　影分身　拘束結界　etc.

ll points are divided to VIT. Because a painful one isn't li

Welcome to "NewWorld Online

0557 4654 3729 1094

# NewWorld Online STATUS

GUILD 楓の木

NAME クロム Kuromu

LV 94

HP 940/940 MP 52/52

## PROFILE

### 不撓不屈のゾンビ盾

NewWorld Onlineで古くから名の知られた上位プレイヤー。面倒見がよく頼りになる兄貴分。メイプルと同じ大盾使いで、どんな攻撃にも50%の確率でHP1を残して耐えられるユニーク装備を持ち、豊富な回復スキルも相まってしぶとく戦線を維持する。

## STATUS

STR 150 VIT 200 AGI 040

DEX 030 INT 020

## EQUIPMENT

- 首落とし skill 命喰らい
- 怨霊の壁 skill 吸魂
- 血塗れ髑髏 skill 魂喰らい
- 血染めの白鎧 skill デッド・オア・アライブ
- 頑健の指輪
- 鉄壁の指輪
- 絆の架け橋

## SKILL

刺突 属性剣 シールドアタック 体捌き 攻撃逸らし 大防御 挑発

鉄壁体制

防壁 アイアンボディ ヘビーボディ 守護者

HP強化大 HP回復速度強化大 MP強化大 深緑の加護

大盾の心得X 防御の心得X カバームーブX カバー ピアースガード マルチカバー

カウンター ガードオーラ 防御陣形 守護の力 大盾の極意X 防御の極意X

毒無効 麻痺無効 スタン無効 睡眠無効 氷結無効 炎上無効

採掘Ⅳ 採取Ⅶ 毛刈り 水泳Ⅴ 潜水Ⅴ

精霊の光 不屈の守護者 バトルヒーリング 死霊の泥 結晶化 活性化

## TAME MONSTER

Name ネクロ 身に纏うことで真価を発揮する鎧型モンスター

幽鎧装着《アーマード》 衝撃反射 etc.

oints are divided to VIT. Because a painful one isn't liked

elcome to "NewWorld Online"

# NewWorld Online STATUS

GUILD 楓の木

NAME イズ Iz

LV 78

HP 100/100 MP 100/100

## PROFILE

### 超一流の生産職

モノづくりに強いこだわりとプライドを持つ生産特化型プレイヤー。ゲームで思い通りに服、武器、鎧、アイテムなどを作れることに魅力を感じている。戦闘には極力関わらないスタイルだったが、最近は攻撃や支援をアイテムで担当することも。

## STATUS

STR 045 VIT 025 AGI 105

DEX 210 INT 085

## EQUIPMENT

- 鍛冶屋のハンマー・X
- 錬金術士のゴーグル skill 天邪鬼な錬金術
- 錬金術士のロングコート skill 魔法工房
- 鍛冶屋のレギンス・X
- 錬金術士のブーツ skill 新境地
- ポーションポーチ
- アイテムポーチ
- 絆の架け橋

## SKILL

「ストライク」「広域撒布」

「生産の心得X」「生産の極意X」

「強化成功率強化大」「採取速度強化大」「採掘速度強化大」

「生産個数増加大」「生産速度強化大」

「状態異常攻撃Ⅲ」「しのび足Ⅴ」「遠見」

「鍛冶X」「裁縫X」「栽培X」「調合X」「加工X」「料理X」「採掘X」「採取X」「水泳X」「潜水X」

「毛刈り」

「鍛冶神の加護X」「観察眼」「特性付与Ⅷ」「植物学」「鉱物学」

## TAME MONSTER

Name フェイ　アイテム製作をサポートする精霊

「アイテム強化」「リサイクル」etc.

ll points are divided to VIT. Because a painful one isn't li

Welcome to "NewWorld Online

2128 0779 2864 5999

# NewWorld Online STATUS

GUILD 楓の木

NAME カスミ Kasumi

LV 90

HP 435/435 MP 70/70

## PROFILE

孤高のソードダンサー

ソロプレイヤーとしても高い実力を持つ刀使いの女性プレイヤー。一歩引いて物事を考えられる落ち着いた性格で、メイプル・サリーの規格外コンビにはいつも驚かされている。戦局に応じて様々な刀スキルを繰り出しながら戦う。

## STATUS

STR 210 VIT 080 AGI 130

DEX 030 INT 030

## EQUIPMENT

身喰らいの妖刀・紫 桜色の髪留め

桜の衣 今紫の袴 侍の脛当

侍の手甲 金の帯留め

絆の架け橋 桜の紋章

## SKILL

一閃 兜割り ガードブレイク 斬り払い 見切り 鼓舞 攻撃体制

刀術X 一刀両断 投擲 パワーオーラ 鎧斬り

HP強化大 MP強化大 攻撃強化大 毒無効 麻痺無効 スタン無効 睡眠耐性大

氷結耐性中 炎上耐性大

長剣の心得X 刀の心得X 長剣の極意IX 刀の極意IX

採掘IV 採取VI 潜水VIII 水泳VIII 跳躍VII 毛刈り

遠見 不屈 剣気 勇猛 怪力 超加速 常在戦場 戦場の修羅 心眼

## TAME MONSTER

Name ハク 霧の中からの奇襲を得意とする白蛇

超巨大化 麻痺毒 etc.

3030 8825 2743 3535

# NewWorld Online STATUS ‖ GUILD 楓の木

NAME カナデ ‖ Kanade　LV 68

HP 335/335 MP 250/250

## PROFILE

**気まぐれな天才魔術師**

中性的な容姿の、ずば抜けた記憶力を持つ天才プレイヤー。その頭脳ゆえ人付き合いを避けるタイプだったが、無邪気なメイプルとは打ち解け仲良くなる。様々な魔法を事前に魔導書としてストックしておくことができる。

## STATUS

STR 015 VIT 010 AGI 125

DEX 080 INT 205

## EQUIPMENT

- 神々の叡智 skill 神界書庫
- ダイヤのキャスケット・X
- 知恵のコート・X
- 知恵のレギンス・X
- 知恵のブーツ・X
- スペードのイヤリング
- 魔道士のグローブ
- 絆の架け橋

## SKILL

魔法の心得Ⅷ　高速詠唱

MP強化大　MPカット大　MP回復速度強化大　魔法威力強化大　深緑の加護

火魔法Ⅷ　水魔法Ⅷ　風魔法X　土魔法V　闇魔法Ⅲ　光魔法Ⅷ　水泳V　潜水V

魔導書庫　技能書庫　死霊の泥

魔法融合

## TAME MONSTER

‖ Name ソウ　プレイヤーの能力をコピーできるスライム

擬態　分裂　etc.

ll points are divided to VIT. Because a painful one isn't like

Welcome to "NewWorld Online

5615 1896 1080 8803

# NewWorld Online STATUS

GUILD 楓の木

NAME マイ　Mai

Lv 62

HP 35/35　MP 20/20

## PROFILE

### 双子の侵略者

メイプルがスカウトした双子の攻撃極振り初心者プレイヤーの片割れ。ユイの姉で、皆の役に立てるように精一杯頑張っている。ゲーム内最高峰の攻撃力を持ち、近くの敵は最高八刀流のハンマーで粉砕する。

## STATUS

STR 535　VIT 000　AGI 000

DEX 000　INT 000

## EQUIPMENT

- 破壊の黒槌・X
- ブラックドールドレス・X
- ブラックドールタイツ・X
- ブラックドールシューズ・X
- 小さなリボン
- シルクグローブ
- 絆の架け橋

## SKILL

「ダブルスタンプ」「ダブルインパクト」「ダブルストライク」

「攻撃強化大」「大槌の心得X」「大槌の極意Ⅲ」

「投擲」「飛撃」「ウェポンスロー」

「侵略者」「破壊王」「大物喰らい《ジャイアントキリング》」「決戦仕様《デストロイモード》」「巨人の業」

## TAME MONSTER

Name ツキミ　黒い毛並みが特徴の熊のモンスター

「パワーシェア」「ブライトスター」 etc.

oints are divided to VIT. Because a painful one isn't like

elcome to "NewWorld Online"

5272 0557 2241 2738

# NewWorld Online STATUS

GUILD 楓の木

NAME ユイ　Yui

LV 62

HP 35/35　MP 20/20

## PROFILE

**双子の破壊王**

メイプルがスカウトした双子の攻撃極振り初心者プレイヤーの片割れ。マイの妹で、マイよりも前向きで立ち直りが早い。ゲーム内最高峰の攻撃力を持ち、遠くの敵は特製鉄球のトスバッティングで粉砕する。

## STATUS

【STR】535　【VIT】000　【AGI】000

【DEX】000　【INT】000

## EQUIPMENT

- 破壊の白槌・X
- ホワイトドールドレス・X
- ホワイトドールタイツ・X
- ホワイトドールシューズ・X
- 小さなリボン
- シルクグローブ
- 絆の架け橋

## SKILL

「ダブルスタンプ」「ダブルインパクト」「ダブルストライク」

「攻撃強化大」「大槌の心得X」「大槌の極意Ⅲ」

「投擲」「飛撃」「ウェポンスロー」

「侵略者」「破壊王」「大物喰らい《ジャイアントキリング》」「決戦仕様《デストロイモード》」「巨人の業」

## TAME MONSTER

Name ユキミ　白い毛並みが特徴の熊のモンスター

「パワーシェア」「ブライトスター」etc.

ll points are divided to VIT. Because a painful one isn't li

Welcome to "NewWorld Online

# プロローグ

時間加速下で行われた第十回イベント、二陣営に分かれての大規模対人戦。メイプル率いる【楓《かえで》の木】はペイン率いる【集う聖剣】と同盟を組み、【炎帝ノ国】、【thunder storm】、【ラピッドファイア】を擁する敵陣営との激しい戦闘を繰り広げることとなった。

互いに牽制《けんせい》しつつ、敵陣営のプレイヤーを撃破してにらみ合いが続く中、ついに起こった大規模戦闘は両陣営に多数の脱落者を出すこととなった。シン、ミザリー、ドレッド、ドラグ。メイプル達にとっても、ミィ達にとっても作戦の再考を求められる犠牲とともに一日目の大規模集団戦は終結する。

互いに一息つきたくなるタイミング。だからこそ本来休みたい夜は攻め込む好機でもある。【thunder storm】と【ラピッドファイア】を中心とした電撃作戦。罠《わな》を張って【不屈の守護者】のないメイプルをここで撃破する重要な作戦。成功まであと一歩に迫ったそれを阻んだのは、何をおいてもメイプルを守ると決めたサリーの覚悟だった。イベントの勝敗に大きく影響を与えたその夜の追撃戦。メイプル達は【不屈の守護者】がないという事実を餌にして、相手をつり出し戦闘を引き起こし、多くの犠牲を払いながらも敵の防衛の要であるマルクスを撃破し、メイプル、サリーの練り上げられた連携によってベルベット、ヒナタのバディとの戦闘に勝ち切りこちらも強力な防衛戦力であるヒナタを打ち取ることに成功した。

着実に積み上げた有利、近づく勝利の瞬間。それでも、このイベントは消化試合とはならなかった。防衛を任せて、ミィとベルベットが裏をかき、メイプル達のいない間に王城攻撃に打って出たのだ。最後の最後まで気の抜けないレース。どちらが先に玉座にたどり着けるかという緊迫感の中、【楓の木】の面々が稼いでくれた時間を活かして、【再誕の闇《やみ》】により、味方プレイヤーをも化物に変えて王城を破壊しながら突き進んだメイプルがほんの僅《わず》かだけ先に玉座へと到達し、激戦の果てに第十回イベント勝利という栄光を手にしたのだった。

◆□◆□◆□◆□◆

激戦に次ぐ激戦を制したメイプル達。イベントが終わって一週間、『NewWorld Online』には再びのんびりとした時間がやってきていた。

ある者は九層のクエストや探索の続きを、ある者は一休みだと観光に近い探索を。

そして、またある者は今回のイベントを経てあればよかったと思ったスキルを探しに奔走する。

こうして、それぞれの日常が戻ってくる。

そんな中、【楓の木】のギルドホームにはイズから真っ白なお皿の山を受け取ってせっせとテーブルに並べるメイプルの姿があった。

「打ち上げ打ち上げー！」

「ちょっと経っちゃったけどね」

「まあ……それも仕方ないんじゃないかしら？」

イベントが終わってすぐとはいかなかったのには理由がある。

【楓の木】のメンバーが続々とやってくる中、遅れた理由の一つ、ギルドホームの扉を開けて、ベルベットとヒナタがひょこっと顔を出した。

「きたっすよー！」

「お邪魔します」

「あ！　早かったね！」

「んん？　一番乗りみたいっすね！」

「うん！　皆もすぐ来るから待っててて！」

二人を並んだ椅子に案内して、メイプルは招待した残りのプレイヤー達を待つ。

イベントが終わってすぐに打ち上げとはいかなかった理由。それは【thunder storm】に【ラピッドファイア】、【炎帝ノ国】に【集う聖剣】と【楓の木】と、単純に二十人以上のプレイヤーの予定を合わせる必要があったからだった。

一週間で予定が合ったのはむしろ運が良く、かなり早いほうだと言える。

そうしているうちに、【楓の木】の扉がまた開き【ラピッドファイア】の二人が入ってきた。

「やあ、招待どうもありがとう」

「イベントは激戦になりましたね。お疲れ様でした」

「空いている席に座って待っていてくださーい！」

「そうさせてもらうとするよ」

席についたリリィとウィルバートに早速ベルベットが近づいていって話し始める。

決着時にはそれぞれ別の王城にいたリリィとベルベットだ。最終盤のあれこれについて、話題には事欠かないだろう。

と、そこに【集う聖剣】と【炎帝ノ国】の八人もやってきた。同盟を組んでいた【集う聖剣】はできることなら全員招待したいくらいだったが、【楓の木】のギルドホームではキャパオーバーだ。よって今回もメイプルがフレンド登録している面々のみを呼ぶこととなった。

「メイプル、お陰でイベントを勝ち切ることができた。同盟を組むことができてよかったよ」

「次は負けはしない。どのような形式のイベントであってもだ」

「私達も頑張ります！」

ギルドマスターとしてペインとミィと軽く挨拶《あいさつ》を済ませて、全員が席についた所でイズが料理を並べ、それぞれが感想を交わしつつ、イベントを振り返って盛り上がる。

「にしても……すげえ面子だな」

「ああ。納得といえば納得だが……」

クロムとカスミは集まったプレイヤーを見て呟《つぶや》く。この場にいるのはイベントでも中心となったギルドのマスターに、各ギルドの核となるプレイヤーばかりである。

メイプルを倒そうとするほどの者となると、自然と強力なプレイヤーばかりになる。戦場でやりとりをしたプレイヤーと交友関係を築いていった結果、メイプルのフレンド欄はとんでもないことになっていたのだ。

「うちのミィとベルベットのパワーで押し切れると思ったんだけどなあ」

「はは、ペインも負けてなかっただろ？」

自分のことのように得意気なドラグに、あれはどうしようもなかったという風にシンは軽く首を振る。

「流石に【崩剣】じゃ対応できなかったなあ」

「【多重全転移】からの攻撃は本当に危なかったですね。私の【リザレクト】が間に合っていなかったらそれだけで……」

「ふつーに巻き添えで吹き飛んだからなあ。暴力的だった……」

シンは思い出して深く頷《うなず》く。全てのバフを集約したペインは【崩剣】の直撃も意に介さず聖剣を振るった。

ミィの炎とベルベットの雷にも劣らない聖剣の光は【炎帝ノ国】が想定していた以上のものだっ

た。ただ、それも仕方のないことだろう。あの【多重全転移】は今回限りの特別仕様。全員を味方とみなした異次元の強化。使い手であるフレデリカすらも初めて見る威力と範囲だったのだから。

「どこかで一回、上手く勝てれば違ったっすけどねー……悔しいっす！」

「そうだね。惜しい勝負だったと言える。私があと数分耐えられていれば」

「十分過ぎるくらいでしたよ、リリィ」

「ベルベットさんもいい攻めだったと思います」

昼間の大規模集団戦。

真夜中の奇襲から続く戦闘、最終盤での城攻め。

どれか一つの結果が変われば、勝敗すら変わりうる重要な戦いばかりだった。

紙一重のところで上回り有利を築き上げたメイプル達が、僅かな差で逃げ切った。そんな勝利だった。

そんな話をしていると、ベルベットは思い出したという風にぱっと顔を上げ、サリーの方を見る。

「そうっす！　サリーに聞きたいことがあるっすよ！」

「私に？」

「イベントでのアレ！　どういう仕組みっすか？」

ベルベットの言うアレとはもちろんサリーの戦法のことだ。スキルを途中でキャンセルし、見えない攻撃を放ち、魔法のエフェクトも違えば武器そのものすら変わる。はっきり言って滅茶苦茶である。

「俺もそれにやられたからなあ。本当にカスミのスキルを持っている……なんてことないだろ？」

シンを正面から斬り伏せ、ヒナタとウィルバートを倒すだけの優位を作ったサリーの戦いは、実際に体感して、観戦エリアから余裕を持って眺めて、それでもなお謎に包まれているのだ。

「勿論《もちろん》、秘密です」

「じゃあ実戦の中で探り当てるっす！」

「ちょっとー、私が先約なんだけどー？」

「ウィルもどうだ？　探っておいてくれると助かるね」

「検討の価値アリですね」

サリーは追い込まれなければ、そもそも虚実織り交ぜた戦法は使いはしないだろう。

ベルベット、フレデリカ、ウィルバート。相性だけを見れば圧倒的にサリーが不利なスキル構成だが、それを捌《さば》き切るのがサリーなのだ。

「サリーさん……」

「だ、大人気です……！」

「あはは、そろそろ決闘は予約制かな？」

「何だか本当に果たし状を送っているみたいよね」

「ああ、それが近いかもしれないな」

「俺なら戦場で敵に回したくはない」

カスミとマイが観戦エリアで見ていた時にも思ったように、今やサリーに対する警戒度はメイプルにも負けていない。

むしろメイプルが目立ち過ぎて隠れていただけで、ここにきての対人戦でその脅威は一気に顕在化したのだ。

【楓の木】は全員が要警戒。その中でもメイプルは特に。これが共通認識だったが、サリーも抜きん出たと言える。こと対人戦において、メイプルとは違い全く隙がないことも、サリーの警戒度上昇に拍車をかけていた。

「【集う聖剣】としても、より高みを目指さなければならないな。追い上げてくる一筋縄ではいかないギルドも増えてきた」

「ああ、仕方ねー。チェックしておかねーとな」

「【炎帝ノ国】もそうだ。うかうかしてはいられない」

「そうだね。想定通りに抑え込めなかったし……他のギルドのことも調査しないと……」

今回のイベントは、ペインとミィにとってもギルドマスターとして得るものが多かった。自分達の現在の立ち位置が第四回イベントと比べてどう変化したか、実際に戦って初めて見えてくる部分も多くあった。

【楓の木】は勿論のこと、【thunder storm】に【ラピッドファイア】。他にも追い上げてきたギルドは多い。それでもそう簡単に負けてやるわけにはいかないのだ。

ただ、それもまた次のイベントでの話。情報収集も大事だが、今は何より楽しむことが目的だ。

盛り上がる感想戦。あそこであああしていれば、あそこは上手くやれた。あのスキルの効果は何だったのか。

一日と少し。それでも、あまりにも濃いイベントだったこともあり、話題には事欠かなかった。

フィールド上の戦場全てに顔を出すことはできない。特にあちこちで起こった少数戦の話はそれぞれが知らないことも多く、興味深いものになったようだった。


ギルドの垣根を越えてそれぞれが盛り上がる中、サリーはメイプルに話しかける。

「どうだった？　久しぶりの対人戦だったけど」

「皆強くって大変だったー……でも、サリーと【楓《かえで》の木】の皆が助けてくれてよかった！」

メイプルの表情と言葉からは、難しい局面もあったものの、それをそのまま楽しめたことが真っ直ぐに伝わってくる。

「勝てたのはメイプルのお陰でもあるね。【再誕の闇】での押し込みとか」

「皆がやれーって言ってくれたから気づけたんだー」

「期待に応えられたね」

「うん！」

勝利。ただそれだけでなく、そこに至るまでの多くのやり取り自体も記憶に残るものだった。

全体を通して楽しいイベントになったと笑うメイプルに対してサリーもまた微笑んで返すのだった。

◆□◆□◆□◆□◆

結局サリーは決闘ローテを組み上げ、メイプルは次のイベント、そして十層を楽しみにするとして、困ったことがあれば協力すると約束し合ったところで、今日の打ち上げはお開きとなった。

「インベントリにしまうだけで片付けられるから楽だねー」

「それは現実にはない利点かな」

メイプルは机の上を綺麗《きれい》にし、サリーは壁につけた飾りを片付ける。

たくさん並べた椅子もギルドの設定パネルをいじればすぐに元通りだ。

「すっごく静かになったみたいに感じるね」

「たくさん来てくれたね。前より四人増えました」

片付けも一通り終わって、【楓の木】の次の話題はやはり新層。十層のことだ。

「次回のイベント……よりは十層が先だよなあ」

「そうねー。まだ九層もクエストが残っているから急いで目を通さないと」

「イベント後はいつも新層だからな。それに九層以外もまだまだ見落としは多いだろう」

「どこも広いからねえ。なんなら新層はどんどん広くなってるし」

「八層みたいだと探索するのも大変です」

「ツキミのお陰でかなり楽にはなりましたけど……」

隠しイベントにレアダンジョン。まだ見ぬスキルもアイテムもあちこちに眠っていることだろう。何せそれらの出現条件は複雑で、普通に探索していても見つからないようなものばかりだ。見つからずに残っているものが各層に複数あったとしても驚く者はいない。

「空いた時間で見回っておく必要があるなあ。今回で奥の手も全部見せちまったわけだし」

「そうだな。次も同じスキルだけしかない、では通用しないだろう」

第四回イベントから長い時間かけて手に入れてきたスキルも全て使っての総力戦。

イベントを経て、全てのプレイヤーが次なる成長を求めている。そのためにはまずは探索あるのみだ。

やがて来るであろう次のイベントに向けて、日々のレベル上げと素材収集も欠かせない。

スキルが重要ではあるが、ステータスも軽んじてはいけないのだ。

またそれぞれが探索に向かっていく。未探索エリアか、はたまた違和感に気づける見知ったエリアか。イベントのない時期もやることは尽きないものだ。

そうして今後の方針を少し話し合った後、フィールドへ向かったり、町へと出て行ったり、それそれのゲームライフに移っていく。

「サリーはこの後どうするの？」

「レベル上げかなあ。スキルは現状で満足してるし、無理にとは思ってない。メダルでまた一つ手に入れられるしね」

「そっか、今回もメダル貰《もら》えたもんね！」

「一応、イベントはそれが目的だから」

どうやら今回はまだ交換期間はスタートしていないようである。

と、メダルのことを思い出したところで、ちょうど運営からメッセージが届いた。

「あっ、メッセージだ！」

「十層とイベント？　……もうちょっと早ければ皆もいたんだけど。えーとなになに……」

「十層はここまでの総まとめ……今まで見つからなかったダンジョンやイベントのヒントも盛り込んだ各層の性質を持つ層……おおー」

「これ、相当広そうだね。しかも、ここ見て」

サリーの指差した文章を見ると、そこには「隠された最強のボスを見つけ出し撃破せよ」と、書かれていた。

「いつもの次の層へ行くためのボスとかじゃなくて？」

「違うっぽいよ。ほら、続きにクエストでヒントを集め～とかって書いてあるし」

「最強……強そう……」

「まず見つけ出すところからだしね。実装はまだ先みたいだけど、このゲームならもしかしたら見つけ出せないなんてことも……」

「頑張って探さないとね！」

「うん。【楓の木】全員で力を合わせよう」

「えーとイベントは……ＰｖＰとＰｖＥを用意中……」

「こっちはまだ詳しい情報はほとんどないね。なるほど。メダルの交換がまだできなかった理由はこのせいか」

十層の解禁とともにメダルの交換もスタートとなる。総まとめと宣言された十層の探索。そこで探索中自分に足りないと思った部分を、メダルスキルで補えるように交換期間が設定されているというわけだ。

「まだしばらく先になりそうだけど」

「そうだねー」

まだ先のこと。しかし見通しが立つのはよいことだ。これで次の目標も定まった。

「情報はまた追々かな。私はこの後は予定通りレベル上げに行くけど、どう？」

「行く行く！」

「おっけ。じゃあ早速行こう。効率いい所……探しておきました！」

「おおー！　流石サリー君！」

「任せておきたまえ」

こうして二人もフィールドへと向かっていくのだった。

# 一章　防御特化と日常。

夜。楓《かえで》とのレベル上げも終わって、ログアウトした理沙《りさ》はぐっと伸びをして体をほぐす。

「んー……もうすっかり寒くなったなあ」

少し前まで夏だったのに。気づけばもう冬がやってくる。

クリスマスにはまた何かイベントがあるだろうか。そして年明けにも。

先のことを少し考えて、理沙はそこで思考を止める。

「お風呂《ふろ》入るかー」

温まってから今日は寝よう。そう考えて、理沙は階段を下りていくのだった。


月日は少し流れて。冷え込みはより本格的になり、『NewWorld Online』にも変化があった。

「雪だー！」

「雪だねえ」

メイプルとサリーが見上げる空からは白い雪が降り続いていた。

十二月に入ってから各エリアに降り出した雪。

ナンバリングされた大規模なイベントではないものの、季節ごとに開催されているモンスターからドロップするアイテムを集めて交換するようなイベントがいくつも同時開催されている。

一層から最新のここ九層まで、どの階層でも雪が降っている。

「クリスマス辺りまでは降ってるみたいだよ。八層なんかは水面が一部凍ってたりもするみたい」

「探索しやすくなるかも？」

「凍ってるところの下は直接潜れないから一長一短って感じかな」

「確かに」

それはともかく。今回はのんびりとドロップアイテム集めをすることが目的だ。期間は十分ある。日々ログインしてモンスターを倒していれば全てのアイテムの交換は容易だ。

メダルは流石にないものの、ポーション類や素材、ゴールドに今回限りのおしゃれな衣装。最後にはギルド設置用の、ギルドメンバーステータス上昇アイテムが手に入るのだから遊び得である。


という理由もあり。メイプルとサリーは二人、九層のフィールドへと向かっていく。

どの層でもイベントアイテムはドロップするが、それならモンスターにそこまで癖がなく、フィールドの探索もしやすく、レベル上げも捗《はかど》る九層がベストだ。

そうして町の出口までやってくると待ち合わせていた二人が手を振っているのが見えた。

「メイプルさーん！」

「こっちでーす！」

「マイ、ユイー！　早速行こー！」

「はいっ、ツキミ！」

「ユキミ！」

「よっと、乗せてもらうね」

　メイプルとサリーは【巨大化】したツキミとユキミに乗せてもらうとそのままフィールドへと飛び出した。

「行き先は伝えておいた通りで」

「分かりました！」

　二人はツキミとユキミを走らせる。同時に乗れるのは二人が限界だが、それでも本来飛ぶはずのないものを無理やり飛ばしているシロップよりもずっと速い。走っているのが正常な状態なのだから当然だとも言える。

　そうして四人がやってきたのは炎があちこちから噴き出て、空中、地面問わずいくつものダメージゾーンを生成している危険極まりないエリアだ。

「ここはモンスターはガンガン湧くんだけど……まあ見ての通りだから。水魔法とか使えば一瞬鎮火できるけど……ね？」

サリーの言わんとしていることは三人にも理解できた。

「ここは私の出番だね！」

メイプルは【身捧《ささ》ぐ慈愛】を発動し、全員を守る態勢に入る。

降り注ぐ炎も燃え盛る大地も、メイプルの防御力の前には無力だ。

「うんうん！　大丈夫！」

「助かります！」

「これなら、中に入れます……！」

「固定ダメージを付けて出直してこないとね」

炎ではなく溶岩なら。過去に苦しめられたこともある溶岩はメイプルの好敵手である。

三人が足を踏み入れると、それに反応してあちこちから炎がポンポンと弾け、中に赤い瞳《ひとみ》を持つ火球となって漂いだす。

「私達で引きつけるから、後は頼んだよ」

「「はいっ！」」

マイとユイはツキミとユキミを指輪に戻し八本の大槌《おおつち》を構える。

「【大海】！」

「【挑発】！」

水が足元に広がるのに合わせ炎が消えていき、それを止めようとしてか、サリーに向かってモンスターが殺到する。

逆方向からはメイプルの【挑発】の効果を受けたモンスターが、メイプルを倒すために我こそはと近づいてくる。


そしてそれら全ては四人の周りを回転する鉄塊、赤い光を纏《まと》った六本の大槌に飛び込んで蒸発するように消滅した。

【決戦仕様《デストロイモード》】の効果を受け当たり判定が大きくなった大槌は、壁となってモンスターの接近を完全にシャットアウトする。

反撃のチャンスも与えない。当たりどころ、モンスターの種類。それ全て問わず一撃必殺だ。

「えっと、大丈夫そうです」

「このまま回しながら進みましょう！」

「どんどん呼び寄せるね！」

「水を出すスキルはまだまだあるからどんどん倒そう。ここ穴場っていうかわざわざ来るのはメイプルと一緒にいる人くらいだから、他の人は基本いないと思うけど……注意してね」

回転する大槌が直撃すれば、ダメージこそ受けないが吹っ飛びはするだろう。

どこまで飛ぶかは分からないが、快適なものではないのは間違いない。

「あ！　落としましたよ！」

粉砕機と化した大槌の下にぽとぽととドロップアイテムが落ちてくる。

そこには真っ赤なサンタの帽子があった。

今回のイベントのドロップアイテムだ。

「こっちで拾っておくから倒すのに専念して」

「守りも大丈夫！」

「はいっ！」

「どんどん行きます！」

マイ、ユイ、メイプル。

弱点を突いてこない対モンスター戦において異常な強さを誇る三人は、モンスターが飛び込んできてくれる環境さえあれば超高速の狩りが可能である。マイとユイを超える撃破速度を持つプレイヤーはいないと言っても過言ではない。後は防御とモンスターの呼び寄せができ、周りに人がいなければ完璧《かんぺき》だ。

全ての条件を満たす、ここは最適な狩場なのである。サリーはドロップアイテムを集めながら、周回する大槌を見る。

「流石に慣れたなあ」

「大槌に？　それとも手の方？」

「両方」

最初は怖かった【救いの手】もずっとこうして見ているうちに日常の一部となっていた。六層に立ち入ることはないが、【救いの手】であればもうどうということはない。

「じゃあサリーもどう？　サリーならもっと上手く使えると思う！」

「あー、うん……考えとく」

「いつでも手伝うからね！」

「ふふ、ありがとう」

今日でアイテムを集めきってしまわんばかりの勢いで、爆散するモンスター達と滝のようにこぼれ落ちるドロップアイテム。

改めて頼もしくなったものだと、二人はマイとユイによる蹂躙《じゅうりん》を眺めるのだった。

回転する大槌で炎を巻き上げながら大量のモンスターを粉砕したメイプル達は、満足いくだけのドロップアイテムを手に入れ、燃え盛る炎の壁をすり抜けて外へと出てくる。

「流石の攻撃力だったね！　こんなに簡単にたくさん集まっちゃった！」

「メイプルさんとサリーさんのお陰です！」

「モンスターをたくさん集めてもらえたので……」

マイとユイの攻撃に耐えられる雑魚モンスターは存在しない。二人の攻撃力に合わせたＨＰのモンスターをその辺りに配置するわけにもいかないのだ。

結果として狩りはすこぶる順調に進み、レベルも上がった。メイプルとマイユイの連携は無慈悲かつ強力だ。

メイプルの防御を突破し、マイとユイの攻撃に耐える。フィールドがそんな怪物の跋扈《ばっこ》する魔境と化す頃まで、この安定した蹂躙を止められるものはいない。

「今日はそろそろ終わりかな」

「そうだねー。休憩しながらだったけど疲れちゃったかも」

「動かなくていい分楽にはなりましたけど……」

「結構長く続けてましたから」

サリーが【水操術】のスキルを持っていることもあり、モンスターは絶え間なく呼び寄せられる。

途中から回転する大槌はそのままに、四人は椅子を取り出してくつろいでいた。

メイプルがいる限りここでの戦闘において不測の事態など起こり得ない。

そんな四人が今日は終わりにしようかと思っていると、ちょうどそこにクロムとカスミがやってきた。

「おー、まだここにいたか」

「どうだ。そちらは順調だろうか？」

「はい！　マイとユイがすごくって！」

メイプルが手に入れたドロップアイテムの数を伝えると、二人は想像以上だというふうに目を丸くする。

「前から思ってはいたが……流石に八本持ちになってから破壊力が段違いだよなあ」

「細かい操作はまだできないんですけど……」

「まとめて動かすのはもうばっちりです！」

「二人の場合はそれで十分だろう」

かすりでもすれば爆散確定。細かい操作など必要ない。大槌が名前通り大きな武器であるため、敵に全ての武器を突きつければ相当大回りしなくては避けられない。

「二人もここで狩りですか？　私達は切り上げようかなと思っていたところで」

「いや、ちょっと近くを通りかかったからな。ハクならすぐだと思って寄ってみたんだ。それに、一つ面白そうなものを見つけたからその報告も兼ねてだ」

面白そうなもの。カスミからそういった報告があるのは珍しい。これまで【楓の木《かえで》】で面白そうなものを見つけてくるのは大体メイプルだったのだ。

もっとも、本人は見つけようと思って見つけているわけではないのだが。

「メイプルが転移先で【再誕の闇《やみ》】を手に入れただろ？　あんな感じで転移できるポイントを見つけたんだよ」

「ただ、転移先は思った以上に先が長そうだったからな。一旦《いったん》引いてきたというわけだ」

「どんな感じだったの？」

カスミ曰《いわ》く、真っ黒な草木が生い茂り、【再誕の闇】にも似たもやがあちこちに漂う不気味な場所とのことだ。

「何かありそうです！」

「いかにも……って感じです」

まだ見ぬ隠しエリア、レアイベントの気配に、わくわくした様子でマイとユイが目を輝かせる。

十層の実装前に、残っていた九層のクエストを進めていくうちに偶然見つけたもので、転移先のエリアのボリュームがかなりありそうだったため、【楓の木】全員でしっかり攻略する方がいいと踏んだのだ。

「どうだ？　十層前に、ひとつ冒険していくっていうのは」

「賛成です！」

「イズさんとカナデにも聞いておきましょう。何かギミックがあったら二人の力も必要になりそうです」

「ふむ、まずは日程を合わせるところからだな」

「どんなモンスターがいるかな？　お姉ちゃん」

「あんまり素早くないといいな……」

「まあそこは俺達でカバーする。期待してるぜ、なんてったってうちのメインアタッカーだからな」

「「はいっ！」」

イベント以外にも目的は見つかった。マイとユイのおかげでアイテム集めも問題ない【楓の木】は全員でその未知のエリアへと向かうことにしたのだった。

◆□◆□◆□◆□◆

後日。予定通り全員での探索に向かった【楓の木】は広範囲に広がる暗い森の前に立っていた。

「あれ、ここ？」

「イベントの時の調査で入った時には、それらしい転移の魔法陣はなかったと思いますけど……」

メイプルとサリーが不思議がるのも無理はない。九層はそっくりそのままイベントフィールドになったこともあり、各エリアごとどんな地形効果があるかは調べ上げてある。

「ふふふ……ま、いつもメイプルばかりがイベントに遭遇するわけじゃないってことだ」

「どうやら順路があるようでな。私達も発見したのは完全に偶然だ」

サリーですら見つけていないとなると、普通に探索している分には到達できないエリアと言える。それこそ、偶然が味方する必要があるようだ。

「ただ、俺とカスミで何度か確認しておいたから間違いない。っと、そろそろ行こう。メイプル、【身捧ぐ慈愛】頼む。結構モンスターが出るからな。俺だけだと四人守るのはちょっときつい」

「分かりました！　【身捧ぐ慈愛】！」

メイプルを中心に地面が光り輝き、暗い森を明るく照らす。

照明の代わりにもなって便利なスキルだ。

「ランタンはいらなそうね」

「うん、今は目立ってもいいから」

イズは取り出しかけたランタンをそのまましまってインベントリを閉じる。

攻撃の際に下準備が必要なイズと、前回のイベントで強力な魔導書を使い尽くしたカナデは転移先までの道中はサポートに回ることとなった。

攻撃力なら二人が頑張らずとも十分足りている。

マイとユイを筆頭にカスミとサリー、ネクロを纏《まと》えばクロムもダメージを出せるし、メイプルもいつも通り全部乗せで援護射撃をすればいい。

一歩中へ踏み入るとそこはモンスターの巣窟《そうくつ》。八人の侵入に気づいたモンスターが次々と迫ってくる。

「【武者の腕】」

「【ウィンドカッター】！」

「【ダブルスタンプ】！」

迫り来る狼を斬り伏せて、飛び交う昆虫を両断し。残る全てを大槌《おおつち》が消失させる。

「いやー、二人で来た時とは段違いに楽だな。これならそこまで時間もかからないぞ」

これといった目印もない中、クロムがしばらく右へ左へ進んでいくとクロムの周りにまとわりつくように黒いもやがついてくる。

「きたきた。上手くいったぞ！」

「これが順路通り進んでいる証となっているようだ。あとはもやが消えないように正しい方向へ進めばいい」

「サリーと行った【救済の残光】の時みたいな感じだね！」

「反応に意識を向けるって意味だと近いかも。でもこれ、結構大変だったんじゃないですか？」

暗い森の中をぐるぐると。それもモンスターに絶えず襲われながらの探索となるとなかなかハードだ。

【楓の木】フルメンバーであれば、自動絶対防衛機構で安全確保。鉄塊製のモンスター処理装置が十二台ありモンスターを気にする必要はほとんどない。

現にこうして敵に飛び掛かられながら会話ができてしまうくらいだ。

「なら、とっとと奥まで進んじまうか！　時間が関係してるっぽいしな」

時間、人数、ステータス。レアイベントの開始にあたり、求められる条件は多様だ。

クロムのそれはあくまで予想でしかないが、そう外れてもいないように思えた。

カスミと二人で行っても反応したりしなかったり、その条件が限られた時間帯にだけ発現するものであるなら見つからない可能性もある。

そもそも九層実装後の全員の意識は、レアイベント探しよりも対人戦に向けられていたからだ。

そうしているうち、クロムの体はどんどんと黒いもやに覆われて黒くて丸い塊のようになってしまった。

「だ、大丈夫ですか？」

「もうほとんど前が見えねえ」

「だが今回は安心だな」

心配するメイプルだが、そのメイプル自身がきっちり【身捧《ささ》ぐ慈愛】を発動していれば問題ない。

カスミがモンスターを一手に受け持っていた調査段階とは訳が違うのだ。

「景色も変わらないし方向感覚を失っちゃいそうね」

「あー、カナデに手伝ってもらってればもっと早く見つけられたかもな」

カナデなら、同じように見える景色も全く違うものとして完璧《かんぺき》に把握できるだろう。

「その分、新鮮に楽しませてもらってるから」

「ならよし！　……そろそろだ」

真っ黒な塊になってしまっていたクロムの体からもやが前方に伸びていき、薄い膜のようになって目の前の空中に拡散する。

そのもやの中央部は少しずつ薄れていき、奥には同じような黒い森が見える。ただ、それが今いる場所と違う場所につながっているのは明らかだった。このもやが転移用のゲートになっているのだ。

遠くに見えるのは城の影。そして不気味な巨大な赤い月。

「しばらくしたら閉じるからな。ほら、入るぞ入るぞ！」

「はーい！」

「ドキドキしてきました……」

「頑張ろう、お姉ちゃん！」

「城か……本とかあったりするかな？」

「ここでしか手に入らないものもあっても、おかしくないわね」

「中の敵は未知数だ。気をつけた方がいい」

「よし。燃えてきた！」

未知のエリアへ踏み入る瞬間は、何度体験しても興奮するものだ。

八人はまだ見ぬスキル、アイテム、装備への期待に胸を膨らませながら異界へつながるその門へ足を踏み出すのだった。

隠しエリアへと侵入した八人に早速モンスターが襲いかかる。

黒いもやを纏《まと》った鎧《よろい》、さらに盾と剣を構えて防御を固めた人間達が暗がりから次々に出てきて、その行手を阻まんとする。

「「ええいっ！」」

といっても、あくまで『阻まんとした』それだけだ。マイとユイの振り回す大槌《おおつち》が命中するだけで、固めた防御は意味をなさず、盾ごとひしゃげ、ぐしゃっと潰《つぶ》れて爆散する。

「おしっ、ちゃんと効くな」

「数は多いが一撃であることに変わりがないなら問題ないだろう」

フルメンバーの【楓《かえで》の木】がとる戦略はいくつかのステップに分かれる。

第一ステップはメインアタッカーであるマイとユイに、全員でバフをかけてバックアップするというものだ。

これが単純明快かつ強力。故にまずはここからスタートさせる。モンスターがこの試練を乗り越えられるものかどうかのチェックが入るのだ。

一撃かそれ以外か。気にするのはそこだけでいい。

「目指すはあのお城ね」

「うんうん、この調子なら苦戦せずに辿《たど》り着《つ》けそうだね」

「さっすが攻撃極振り！」

「文字通り手数も増えたしね」

【救いの手】による遠隔操作は、接近されたくない二人の弱点をカバーするのにぴったりだった。

「ただのモンスターなら……！」

「任せてくださいっ！」

その言葉通り迫り来るモンスターを叩《たた》き潰して、八人は着々と城に近づいていく。

とはいえ、全てのモンスターをシャットアウトできるわけではない。八人を囲うように回転させている大槌は上下や各大槌間に隙間ができてしまう。

プレイヤーと違い的確にそこをついてはこないものの、すり抜けるモンスターもいる。

「【ダブルスラッシュ】」

「ネクロ、【バーストフレイム】！」

「【血刀】！」

ただ、それはあくまで第一段階を突破しただけにすぎない。

当たれば即死のハンマーを抜けた先、待ち構える【楓の木】の面々に貫通攻撃を当てることでしか、勝負の土俵に上がれはしないのだ。

すり抜けるモンスターにのみ集中するメイプル達による手厚いカバー。ここを乗り越える。

端的に言うと、それは無理である。

あまりに荷が重すぎる。吹き飛んでいくモンスターを責めるのも酷というものだ。

蹂躙《じゅうりん》、鏖殺《おうさつ》。無慈悲に全てを殴り倒して、一行の前に城の入り口が近づいてきた。

「おー……おっきいねー」

「中が作り込まれてるなら結構広そう。トラップにも気をつけて」

「うん！」

城までの道のりは前座も前座。これくらいは乗り越えてこられなければならない。

「ここからが本番かな？　ふふ、基本戦法は変わらないだろうけど」

「そうね。アイテムはまだまだあるわ。バフもかけ放題よ」

「変な奴が出てきたら、俺とカスミとサリーメインで対処しよう。二人の攻撃を素直に受けてくれる奴はどうとでもなる」

「ですね。スピードタイプとか遠距離攻撃はこっちでやりましょう」

向き不向きに合わせて中心に据えるアタッカーを変更する。全員の戦闘スタイルにはそれぞれ強みと弱みがある。それを分かった上で強みを活かして戦うことが重要だ。

それぞれの隙や弱点を埋めることが八人で戦う意義である。

細かな装飾がなされた大きな扉。城の入り口に立ったメイプルは振り返って七人を見る。

「じゃあ、開けまーす！」

全員が頷《うなず》くのを確認してメイプルが扉に触れると、赤い光が走り、ひとりでに重い音を立てて扉が開き始める。

何かが待ち受けるであろう最奥に向けて、【楓の木】の古城探索が始まった。

メイプルは扉を開けると早速中の様子を確認する。正面と、左右に扉。前方には二階へ続くゆるやかなサーキュラー階段が二つあり、二階にも正面と左右に一つずつ扉が確認できる。

六つのルートを順に選んで探索するより他ないだろう。

「おお？　なかなか広いな」

「外観通りね」

「僕らが入ってきたところからでも見える大きい古城だったから、この先も長そうだなあ」

「さてどこから行こうか？」

「マイ、ユイ、メイプル。どっちにする？」

探索を順調に進められているのは【身捧ぐ慈愛】と浮かぶ大槌による部分が大きい。

三人に決めてもらってついていく。どのみち正解のルートもまだ分からない。故に異論もなかった。

「やっぱり真ん中がボスに繋《つな》がってそうだよね」

「じゃあ右か左からにします？」

「隅々まで探索するならそうした方が……」

「そうだね！」

せっかく見つかった隠しエリア。探索漏れがあってはもったいない。

八人はまずは一階右の扉を開けて先へ進むことにした。

扉を開け、トラップはないかと様子を窺《うかが》うと、壁にかけられた明かりに照らされて、三体のモンスターがうろついているのが見えた。

外と同様黒いもやを漂わせ、大きな帽子と長い杖《つえ》が特徴的なその姿はまさに魔法使いといった風だ。

「杖……見た目は魔法系っぽいですね」

「遠距離か。実体はありそうか？」

「透けているようには見えないな」

「マイ、ユイ、お願いできる？」

「「はいっ！」」

実体があるならこっちのもの。遮るものがない通路での戦いは、基本的に射程で劣る分、一撃もらうことすら許されないマイとユイが不利だが、メイプルがいれば関係ない。

鉄球を使ってちまちま戦う必要もない。

機動力を優先し大槌を二本減らしてツキミとユキミにまたがり、【身捧ぐ慈愛】の範囲外に出ないようメイプルも後ろに乗せると、二人は一気に加速した。

それに気づいた魔法使いが、真っ黒な魔法陣を展開する。そこから噴き出る黒い炎は先頭を行く三人を直撃するものの、全く意に介さずに、その炎を裂いてツキミとユキミが突進する。

「うんっ！　大丈夫、防御は任せて！」

「「はいっ！」」

ダメージがないなら心配することはない、そのまま二人は炎を放つ魔法使いへ接近し大槌を振り抜く。

「「えっ⁉」」

直後二人は目を丸くする。敵を粉々にする感覚はない。

それもそのはず、魔法使いの姿は瞬時に消えて僅《わず》かに後ろへ。短い距離をワープして、二人の攻撃を躱《かわ》してみせたのだ。

それだけでなく、次なる魔法。魔法使いが大きく杖を振るったその瞬間。

「「「えっ⁉」」」

魔法使いが自身をそうしたように、三人の体が別々の位置にワープさせられる。

視認可能な距離ではある。しかし突如起こった陣形操作は二人を【身捧ぐ慈愛】の範囲の外へ弾き出した。

「【カバームーブ】【マルチカバー】！」

「「クロムさん！」」

迫る炎を受け止めたのは駆けつけたクロムだった。複数人を庇《かば》うスキルで攻撃をしっかり受け持ちマイとユイに炎を通さない。

「【血刀】！」

カスミが鞭《むち》のようにしなる液状の刀で牽制《けんせい》し、噴き出す炎を止めると、クロムも自己回復しながら敵を見据える。

「流石に一筋縄じゃいかないやつが出てきたな！」

「カナデ！」

「オーケー」

「【ウォーターボール】！」

「【トルネード】！」

直接攻撃がダメなら魔法だ。

吹き荒れる風と勢いよく射出された水の塊は、魔法使いに見事ヒットしそのＨＰを削り取る。

「絶対避けれるってわけじゃないのね！　それなら……！」

イズは取り出したいくつかのクリスタルを小さな砲にセットする。爆発音と共に射出されたクリスタルは数秒後弾けて、暗い通路に黄色いスパークを走らせた。

ばら撒《ま》かれた強烈な麻痺《まひ》攻撃により魔法使いの動きは止まった。これなら外すこともワープすることもない。

「【タイダルウェイブ】！」

炎のお返しとばかりに放たれた強力な水魔法。基本の魔法の修練により手に入れられるそれは真っ当に順当に強く、大波で通路を埋め尽くしモンスターを飲み込んでいく。

うねる水の音に交じってパリンとモンスターの消失音が響き、水の消えた通路には八人だけが残された。

「うん。威力はこれで十分だね」

「水魔法の中でもかなり強いから。範囲も広いし魔法使いはこういう時頼もしいね」

「本の在庫がないからさ、しばらくは真面目に上げておいたこっちで戦おうかな」

「十分」

イベントで使いに使ったカナデの魔導書は現在在庫確保中。切り札と呼べるものは減ってしまったが、それでもただ魔法使いに戻るだけだ。

十分頼もしい。それに加えて、ソウもここぞという場面では活躍してくれるだろう。

「魔法以外の攻撃は転移で躱す感じか？　カスミの【血刀】も避けたしな」

「詳しい条件を確かめてもいいが……カナデが倒せるなら問題ない」

「ごめーん！　マイ、ユイ大丈夫だった？」

「はい！」

「クロムさんがしっかり守ってくれました」

「ま、こんな時にでも活躍できないと流石に必要ないからな。緊急時に即動けるくらいの心構えはしてるってわけだ」

「やるわねー、クロム」

「二段構えならなお突破しづらいだろ？」

「ですね。さっきのモンスターはカナデメインで倒しましょう。本を使わなくていいのも大きいです」


節約できるところは節約して、より簡単に適切に勝つ。八人であることを最大限活かし、苦手も隙もカバーしあえばそうそう崩せはしない。

これくらいなら突破してやると、自信を持って八人は暗い通路を進んでいくのだった。


立ちはだかる敵の特性に合わせて、メイプル達はアタッカーを切り替える。素早い敵にはサリーとカスミ、守りが堅い敵にはマイとユイ、遠距離から攻撃するならメイプル、カナデ、サリーが適任だ。イズは全員のバフを一手に担い、クロムは敵の強制転移に対して適切に対応しメイプルの隙を埋める。

敵の種類としてくることが分かってしまえば、それに対応できない【楓の木】ではない。

そうして探索を続けたメイプル達は城の中の一室で何度目かの宝箱を開けていた。

「本命のルートは後に回して正解だったな！」

「素材に装備……そろそろスキルスクロールも出てくるかも？」

「装備はまだしも、スキルなら誰かは使いこなせるだろう」

素材はレアなもので、装備もユニークシリーズには及ばないものの優秀なものばかりだ。

【楓の木】は装備を変更する必要があまりないため、一番の狙いはやはりスキルを覚えられるスクロールになる。

「これだと逆側もしっかり探索した方がよさそうね」

「ですね。見返りがあると分かりましたし尚更行く価値があると思います」

「まだまだスキルも大丈夫だしね！」

現状メイプルは【身捧《ささ》ぐ慈愛】を使っているくらいで、回数に制限があるスキルや【機械神】の兵器の残量も十分だ。

基本的に通常攻撃で敵を粉砕するマイとユイが先頭に立っているため、貴重なスキルを使って突破しなければならないような状態にはならない。

通常攻撃に回数制限はない。連戦の中で戦闘力が落ちないのは二人の強みだ。

「まだ部屋もあったので、入れる部屋は全部見て回りましょう！」

「最後が行き止まりだったらまた私達が戦います……！」

「頼もしーい！　私も頑張るね」

ボスまではそう苦戦することもないだろう。八人の強さを鑑みればそれで普通だ。

とはいえ油断は禁物である。ここはあくまで九層の隠しエリア、敵の攻撃力もそれ相応。マイとユイはもちろんイズとカナデの後衛組は一撃が致命傷に繋《つな》がるだろう。

メイプルも貫通攻撃を受ければ、威力次第で大きく削られてしまう。

「新しい見た目の敵が出たらまず様子見からで行きましょう」

「その時は私を中心にしてもらって構わない。私なら、不意にダメージを受けても一撃くらいは耐えられるだろう」

「俺も多少食らっても問題ない。威力偵察は任せてくれ」

方針を固め直すと、隠し宝箱を見逃すなどといったことがないように壁や家具を念入りにチェックして部屋を出た。


結果としてこちらの通路は行き止まり。八人は奥へと続くルートを探す必要がある。

最奥に向かいボスを倒すという目的から考えるとハズレのルートとなるわけだが、メイプルもこれがある意味当たりであること、そしてその理由を理解できるようになっていた。

「宝箱のありそうなのは、やっぱり正面のルート以外かな？」

「その可能性が高いとは思う。城を外から見た時にいかにもボスがいそうなのは中央奥側だったし」

そうでなくとも、ボスをダンジョン端の一室にちょこんと配置することはそうないだろう。ここまで立派な城を用意したのなら、バトルフィールドもそれ相応のものであって然るべしだ。

「メイプル、宝箱の匂い分かったりしない？　ほらいつも珍しいスキルを見つけるみたいに」

「あはは、あれはたまたまだよー」

「実際、直感というか珍しいイベントとの親和性は高そうだけど」

「じゃあ……うーん、入り口まで戻ったら今度は二階も見てみようよ！」

「うん、そうしよっか」

メイプルの提案にサリーをはじめとして【楓の木】の面々が頷く。

今のところ特殊なギミックやトラップもない。ボスと戦うために何かアイテムを要求される。こんなことはよくある話だ。

見落としがあってちょうどそこにボス部屋の鍵《かぎ》があった。などということがないように、八人は順に扉の向こうを見に行くことにしたのだった。

◆□◆□◆□◆□◆

「ふふふ、大量大量！」

「隅まで探索したかいがあったね」

出てくるモンスターを対処しきれることが分かったメイプル達は、二階正面を残して全ての扉の探索を終えて各扉への分岐点まで戻ってくる。

全ての宝箱を開けた結果、スキルスクロールこそなかったものの、素材や装備、高額換金が可能なアイテムなど十分すぎる成果を得ることができた。

「ちょうど必要なものも見つかったしな」

「後回しにしておいて正解だったわね」

「偶然正しい攻略順だったというわけだ」

一階正面の扉の先で手に入れたのは二階の通路を開放するための鍵だった。

二階の左右の扉には鍵はかかっていなかった。となれば、使い先は残る正面の通路を閉ざす扉。これしかない。

「もう他に僕らが探索できる場所はないみたいだし……」

「「早速行ってみましょう！」」

「うん！　行こう！」

【身捧ぐ慈愛】を発動したままのメイプルを先頭に、八人が鍵を開けて先の様子を確認する。

ほんの少し通路が伸びた先は、奥に扉が一つある円形の部屋だった。半径が十メートルほどで、ここまで探索してきた通路や小部屋とは雰囲気が違う。

部屋と通路の境界に立って天井から床までじっと見渡してみるが、静まり返った部屋の中には何の気配もない。

「んー、ボス部屋っぽいけど……」

「奥に扉があるからな。外観的にも最奥って感じじゃない」

「だが、何が出てきてもおかしくはない。注意しよう」

「まず入った瞬間だね」

「そうね。使えるかもしれないから、ここに先に大砲は設置しておくわ」

敵の気配がないのなら事前準備もし放題だ。マイとユイにはかけられるだけのバフをかけて、部屋に砲口を向けて大砲を並べていく。

何もいないのなら回収すればいいだけである。

「じゃあせーので！」

メイプルの掛け声で全員でタイミングを合わせて部屋へと侵入する。

それと同時、空中に黒い炎が発生し、凄《すさ》まじい勢いで周囲に広がる。

そしてその直後炎が弾けたかと思うと、中から黒い鱗《うろこ》に覆われた手足、同色の翼と尾を持った女性が現れる。

それは九層における炎と荒地の国の国王その人だった。

「念入りに隠しておいたはずだが……よくここまでこれたもんだな」

王は空中に炎の塊をいくつか生み出すと、それを一気に膨れ上がらせて、メイプル達に向かってにっと笑みを見せる。

「思わぬ来客だ。遊んでけよ。ま、炭にならないよう気をつけてな！」

「メイプル！　構えて！」

「【ピアースガード】【救済の残光】！」

「そうらっ！」

有無を言わせぬ先制攻撃。

部屋を埋め尽くす巨大な黒い火球は地面に接触すると同時、天井まで伸びる火柱となり八人を包み込むのだった。


燃え盛る黒い炎が収まり、そこから無傷の八人が飛び出してくる。

背後の通路こそ炎の壁により塞《ふさ》がれてしまったものの、部屋を覆い尽くす超広範囲先制攻撃には流石に固定ダメージまでは付いてこなかった。

「【鉄砲水】！」

サリーは激流を生み出すとマイとユイの二人を突き上げる。飛び上がった二人の行先はもちろん王の元だ。

「「【決戦仕様《デストロイモード》】【ダブルスタンプ】！」」

振るった計十六本の大槌《おおつち》が王に向かって迫るものの、それに対応して空中に展開された炎の障壁がそれを全て受け止める。

「「ええっ⁉」」

通常、並の防御なら問答無用で貫く破壊力を持った攻撃。受けきられた経験がほとんどない二人は驚いて目を丸くする。

「【水の道】！」

マイとユイの攻撃が不発に終わった瞬間、驚く二人の横を抜けて、サリーが舞い散る炎に飛び込んでいく。メイプルの防御がある限り、前のめりな攻撃にリスクはない。

「【水纏】【ダブルスラッシュ】！」

水による追撃効果を付与したサリーの短剣が王の体を斬り裂く。弾けるダメージエフェクトは攻撃が成功したことを伝えていた。

「効いたか！」

「どうやら全部防いでくるってわけじゃないみたいだな！」

「それなら……」

「私達で道を作ればいいわね！」

防御壁を囮《おとり》の攻撃に使わせ、マイとユイの攻撃を通す。細かく敵とやりとりをして削るよりも、必殺の一撃を通す方が効率がいい。

「それなら……【全武装展開】！」

メイプルは兵器を展開して空中に向けて射撃を開始する。飛び交う銃弾、しかし王の動きは機敏でメイプルの弾幕を回避し、代わりに生み出した複数の炎の槍《やり》を放ってくる。

「そいつはちょっと通せないな！」

尖《とが》っているものは通すな。【楓《かえで》の木】の鉄則だ。クロムはネクロの形態変化により大きくなった盾を構えて、メイプルを守るように立ちはだかる。

メイプルの兵器も有限だ。メイプルと違って攻撃を受ければ壊れてしまい、【身捧ぐ慈愛】の対象にもならない兵器のことは守ってやらなければいけない。

「ありがとうございます！」

「攻撃は任せるぞ！」

「はいっ！」

「イズ、僕らで道を塞ごう」

「そうね。合わせるわ！」

「【トルネード】！」

「フェイ【アイテム強化】！」

メイプルの弾幕に合わせて、逃げ道を塞ぐようにカナデが範囲魔法、イズが爆弾による範囲攻撃を仕掛けて王の移動を制限する。攻撃を避けるように高度を下げた所にカスミが接近する。

「【武者の腕】【一ノ太刀・陽炎】！」

相手の速度にかかわらず、範囲内であれば正面に瞬間移動するカスミの一撃は回避困難で、炎による防御が発動する。

「今だサリー！」

「【氷柱】！」

地面より伸びた氷の柱が王の逃げ場を潰《つぶ》す。王はカスミに反撃するも、メイプルの防御力を貫くには至らない。

「あとはよろしく！」

お膳立《ぜんだ》ては済んだ。カスミが横へ飛び退くと同時、その後ろでぐっと大槌を握った二人が王を見据える。

「「【ウェポンスロー】！」」

【氷柱】の隙間を埋めるように十六の大槌が着弾する。八人のスキルにより逃げ場を順に潰しての一撃。しっかりと決まった連携攻撃は王のＨＰゲージをゼロにする。

完璧《かんぺき》に決まったと嬉《うれ》しそうなマイとユイの前で、ガシャガシャと音を立てて積み上がった大槌の山が崩れ、王が起き上がる。

「いい攻撃だ……これ以上やるとここが吹っ飛びそうだな。奥で待ってる、もう少し遊んでけよ」

それだけ言い残すと王は黒い炎に身を包んで消えてしまう。

「おおう、中ボスだったかあ」

「そのようだな」

「でも、これでボスも予想がついたね」

「ええ。待ってるってことはそういうことよね？」

「大丈夫！　次も同じ感じでサポートすれば！」

「だね。メインは二人に任せて、こっちで下準備をしよう」

「「頑張ります！」」

その前にまず探索だ。奥へと続く扉は一つ。ボスの部屋に直結ということもないだろう。ボスのことだけを考えていて道中のモンスターに足を掬《すく》われてはいけない。意識はしつつも、目の前のことに集中して八人は先へ続く扉を開くのだった。


事前に打ち合わせ、ある程度パターン化しておいた八人での連携。順に敵の行動を絞っていき、マイとユイの必殺の一撃に繋《つな》ぐ作戦により王を退けることには成功したが、あくまであれは中ボスモード。まだ本気とは言えないだろう。

ともあれ、中ボスを突破したメイプル達は先に進んでいた。

「【マルチカバー】！」

「【タイダルウェイブ】！」

クロムがマイとユイを庇《かば》い、カナデがモンスターを大波で飲み込み撃破する。

戦闘が終わると、収まった波の向こうからメイプルが駆け寄ってきた。

「ふー、助かりました！」

「おう。強制転移させてくるモンスターも数が増えてきたからな、飛ばされた時は任せてくれ」

メイプルの【身捧《ささ》ぐ慈愛】にも隙はある。それを突かれた時、最終防衛ラインとなるのがクロムだ。大盾使いの中でもトップクラス。メイプルをどうにか切り抜けた先にクロムが構えているのは頼もしい。

メイプルがあまりにも強烈なため忘れがちではあるが、クロムを突破することも相当に難しいのだ。

「その調子で頑張って！　バフアイテムなら沢山あるわ」

「「はいっ！」」

マイとユイは元気よく返事をする。メイプルを突破し、クロムを抜けて、カナデの障壁とイズのバリケード、カスミとサリーによる弾きを乗り越えた先、【巨人の業】を使わせた上でもう一発加えれば危険極まりない【楓の木】のメインアタッカーは倒れてくれる。

考えれば考えるほど。

それの何と絶望的なことか。

「モンスターがこの戦法を破れるとは思えないが……」

「相手も相手なので、注意しないと。やっぱり全員で勝ちたいし」

「ああ。そうだな。気を引き締めるとしよう」

サリーの言うように、ボスはあの王だ。イベント時には超広範囲攻撃を見せており、黒竜の姿に完全に変貌《へんぼう》することもできる。

そんなデタラメな相手ならば、どんな攻撃をしてきてもおかしくはない。

一人二人倒されての突破。パーティーを組んでの戦闘であればよくある話だ。

ただ、せっかくここまできたのだから、ボス戦後は全員で生き残って喜びたいものである。

「イベントの時と同じブレスを使ってきてもおかしくない」

「そうなると僕の障壁くらいじゃちょっと心許ないなあ」

カナデの強力な防御系スキルは対人戦で使い切ったところだ。数冊の魔導書ならあるが、満足できる数とは言えない。

「そっちは私に任せて！」

メイプルは広範囲攻撃に対する明確なカウンターだ。敵の大技もそこに貫通効果や固定ダメージがなければ意味をなさない。

「私達は回復の準備ね。念のため炎ダメージ軽減もかければ万全じゃないかしら？」

ダメージを受けるとしてもダメージカットや即回復によって、十分戦闘続行が可能だ。

全てを弾くメイプルのスタート地点が異常なだけであって、ダメージを受けることになった際にすべきことは他のプレイヤーと変わらない。

ダメージを与えることができてようやく戦闘開始。普段あまりにも活かす機会が少ないためやや影が薄いものの、メイプルにも高水準のダメージカットや持続回復は存在する。

今のメイプルはもう防御力のステータスが高いだけではないのだ。

「負け筋は潰しておきたいと思っています。クロムさん、メイプルが相性悪かった時の動きについて改めて練っておきたいです」

「オーケー。全部あるものとして想定しておいた方がいい。なんだかんだうちは一発いいのが入っただけで崩れる可能性が高いからな」

サリー、マイ、ユイは言わずもがな、イズとカナデも後衛相応。メイプルも高いのは防御力で、カスミも前衛とはいえ【AGI】と【STR】を伸ばす型だ。

そう、全体的に脆《もろ》いのが【楓の木】の特徴だ。それなりに重い攻撃を受ければ、クロム以外は一瞬で危険域から死亡までありうる。

その弱点をメイプルが全てないものとしているため、それぞれの特化した能力を押し付けることができ、故に【楓の木】は強いのである。

「全員突破っていうなら危なくなっても助けないとだからな。無理した時のリカバーは事前に考えておくのがベストだ」

「期待してるわよ、クロム」

「俺の仕事がないのが一番だけどな？　あるっていうなら準備はできてる」

大盾使いが二人いることの強みを見せてやる、とクロムはぐっと盾を構えてみせるのだった。

八人が適切に連携すれば、如何に厄介なモンスターといえど倒せない相手ではない。手の内を知っていれば、数が増えようとも対応可能だ。

そうして順調に城の中を突き進み、メイプル達は豪華な装飾のなされた大きな扉の前に辿《たど》り着《つ》いた。ここに至るまで脇道は全て攻略済み。つまりこの先が王の待つボス部屋だ。

「っし、着いたか」

「モンスターは……どうやら湧かないようだな」

「ならいつも通りだね」

「そうね。今、準備するわ」

ボス前。準備する時間を与えられているなら、これを活用しない理由はない。

マイとユイを全員で囲むと、ポーションを飲ませ、クリスタルを砕き、粉をふりかけて、お香を焚《た》く。重ねがけできる限りのバフがマイとユイを強化して、やがてボスすら一振りで塵《ちり》に変える怪物二人が完成した。

立ち昇る大量のオーラにメイプル達は絶対の信頼を寄せる。それはここまでにボスというボスをワンキルしてきた輝かしい実績に裏付けられたものだ。

「これで全部かな?」

「いつ見てもきれーい！　準備万端だね！」

あとは二人を射程内へと届けるだけだ。

バフの効果時間を少しでも長く残してボスと相対するため、メイプルは全員に突入の合図を出す。

七人が武器を構えることでそれに応えると、メイプルは目の前の大きな扉を一気に押し開けた。


広がるのは縦に長く伸びる玉座の間。その最奥で玉座に座るのは黒い炎をゆらめかせる王その人だ。


「来たか。前置きは無しでいいな？」

王はその背に黒い翼と尾を伸ばすと、パチンと指を鳴らす。

不思議と響いたその音とともに玉座の間の壁がボロボロと崩れ去り、空間がさらに拡大し、炎の壁がエリアを区切った。

この城の入り口が隠されていたように、空間をいじって玉座の間をより広く作り替えたのである。

ともかく、これで王の望む広大なバトルフィールドは完成した。

「行くぞ、そう簡単に倒れるなよ！」

王が空中へ舞い上がると同時、黒い衝撃波が発生しメイプル達に襲いかかる。

当然メイプルもそれに反応して防御を固める。

「【身捧ぐ慈愛】！」

展開された防御フィールドが衝撃波の到達よりも早く七人を包み込む。

【身捧ぐ慈愛】による万全の守りは一歩遅れて到達した衝撃波を受け止め。


そして、その瞬間消滅した。


「えっ⁉」

メイプルだけではない、サリーの【剣ノ舞】のオーラもマイとユイに重ねがけしておいたバフも、全て綺麗《きれい》に元通り。

先程の攻撃がかけられた効果を打ち消すものであると気付いた時には、既に王が巨大な炎の塊をこちらに放ってきているところだった。

「ネクロ【幽鎧装着《アーマード》】！【守護者】！」

ここでも咄嗟《とっさ》に反応したのはクロムだった。今や範囲カバーはメイプルだけのスキルではない。メダルと交換で手に入れたダメージカットをかけつつの範囲防御。受けたダメージを自前の回復とサリー、カナデの【ヒール】によって耐え抜いて炎をやり過ごす。

「メイプル！　俺と二人で対応するぞ！【カバームーブ】と【カバー】だ！　守るべき所は教える！」

「はいっ！」

【身捧ぐ慈愛】はクールタイム中。【機械神】や【毒竜《ヒドラ》】、【捕食者】もこの場面にはそぐわない。

今すべきことは、ダメージを出すことでなく大盾使いとして戦線を維持することだ。

ダメージなら出せるプレイヤーが他にいる。

しかし、攻撃をまともに受けてもいいと言えるのはクロムとメイプルの二人だけなのだ。

「カスミ、前に出たい！」

「ああ！　負担を軽減するとしよう！」

サリーとカスミが王に向かって飛び出す。全員で範囲攻撃に巻き込まれていては防御の手が足りない。サリーには【神隠し】と【空蝉】があり、カスミも瞬間移動や【心眼】による自衛が可能だ。【身捧ぐ慈愛】がなくなった今、全員で固まって戦うことは大きなリスクをはらんでいる。

王は炎を纏《まと》いながら高速飛行し、突出した二人に火球を飛ばすが【ＡＧＩ】の高い二人はそれを躱《かわ》して王を見据える。

体の周りに弾ける炎。単なるエフェクトと断ずるのはあまりに危険だ。サリーはもちろん、カスミも迂闊《うかつ》に接近するわけにはいかない。近づくなら、勝算がいる。

「【血刀】！」

「練習の成果を見せようかな！　【水の道】！」

カスミは鞭《むち》のように液状の刀を振るい、サリーは水中を泳ぎつつ武器を弓へと変形させる。

「【氷柱】！」

糸を用いた空中戦。武器を弓にしたことによりサリーは王に劣らないほど自在に空中を飛び回り矢を放つ。

空中で逆さになりながら、時に落下し、時に上昇しつつ王を正確に射抜くその姿はまるでメイン武器が弓なのかと錯覚しそうになる程だ。

二人の攻撃は中ボスの時と同じく王を守る障壁を発動させ、本命となるマイとユイの攻撃を通すための布石となる。

しかし王もただ攻撃されているばかりではない。サリーとカスミを牽制《けんせい》しつつ空中に生み出した大量の炎の槍《やり》を後衛めがけて射出する。

「こっちはなんとかするから二人を！」

「メイプル！　マイ頼む！」

「はいっ！」

「【カバー】！」

メイプルとクロムでマイとユイを守る。よりどうしようもない場面に備え、クロムの【マルチカバー】は残し、鉄壁の防御で二人を守り抜く。

「【ウォーターウォール】【魔法障壁】！」

カナデはイズと自身を守るように壁を生成するものの、魔導書を使用しなければ流石に出力不足。障壁を貫いていくつかの炎の槍が抜けてくる。

「イズ、お願いするね！」

「ええ！　フェイ、【アイテム強化】！」

フェイの力でより強靭《きょうじん》になったバリケード。インベントリから取り出して即目の前に設置した分厚い壁は、砕けながらも炎の槍を受け切った。

「ネクロ！　【死の重み】！」

「シロップ、【覚醒《かくせい》】！　【大自然】！」

クロムの背後に髑髏《どくろ》のエフェクト。王の移動速度を大幅に下げるデバフが機動力を削ぎ、メイプルはそれを好機と見てシロップの力を借り、巨大な蔓《つる》で進路を妨害する。

「【鉄砲水】【氷結領域】！」

サリーが生み出した大量の水。それは続くスキルで即座に凍り、王の元へ続く氷の橋となる。

「【跳躍】！　【一ノ太刀・陽炎】！」

そこに飛び込むのはカスミ。跳躍からの瞬間移動で王の目の前に立つと舞い散る炎でダメージを受けつつも一太刀を浴びせ、再度障壁を破壊する。

ここまで接近すれば王の攻撃先も一気にカスミに集中する。炎を纏《まと》った鋭い爪。必殺の竜の腕がカスミを貫かんと高速で突き出される。

が、しかし。

「【三ノ太刀・孤月】！」

スキルによる高速離脱。サリーともまた異なるカスミ特有の機動力を活かし、距離を取るように跳躍した。

王の視界を遮っていたカスミ。その背後。カナデとイズから再度移動速度強化バフを貰《もら》って、クロムとメイプルに守られて迫るは最強の矛。

氷の橋を渡って、マイとユイは大槌《おおつち》を振りかぶる。

「行くよ！」

「うん……！」

「「【飛撃】！」」

放たれたのは十六の衝撃波。それはたった今障壁を失い、攻撃動作をとった分回避が遅れた王に一瞬で到達しその体を遠く壁まで吹き飛ばすのだった。


「やりました！」

「上手く決まりました！」

事前に準備してきた連携の一つ。それぞれが役割を遂行し、メインアタッカーに完璧《かんぺき》に繋《つな》げた。

一撃ですら耐えられない程、強烈な二人の攻撃。

それが十六連撃になって耐えられるものなどそういない。記憶を遡《さかのぼ》っても、しっかりと耐え抜いたのは複数ギルドで囲んで倒したレイドボスくらいである。

しかし。炎の壁から黒い影は空へ舞い上がる。王はいまだ健在、しかも驚くことにそのＨＰは想像の数分の一しか減少していなかったのだ。

「「ええっ……⁉」」

「マイ、ユイ！」

「一旦《いったん》引くぞ！」

カスミとサリーは困惑する二人を抱き上げてその場から即座に離脱する。

火炎が四人のいた場所を焼き尽くしたのはその一瞬後だった。

「ダメージ自体は入ってる。威力に応じたシールドか何かか？」

「ですね。どのプレイヤーの攻撃力も上がってますしワンキルされないようになっているのかも」

通常攻撃や基本スキルでここまでダメージが出るのは二人くらいのものだが、ヒナタがデバフをかけた後のベルベットの【爆砕拳】や【多重全転移】使用後のペインの【断罪ノ聖剣】、それほどとまではいかずとも、バフやデバフを効果的に使えば他のギルドのメインアタッカーも大きなダメージを期待できる。

次はもう十層だ。プレイヤー達が積み重ねてきたスキルに対抗するべく敵も強くなっている。それが隠しエリアのボスともなれば尚更だ。

「そう簡単には勝たせてくれないということか！」

「それでもダメージは入ってるわ。同じようにいきましょう！」

マイとユイの攻撃に防御が働いても、最大火力がこの二人であることに変わりはない。

一発が重いため瞬間的なダメージが高く、リスクをとって攻める回数を減らせるのも強力だ。

「私とサリーでチャンスを作る」

「また見逃さずに攻めて」

「「はいっ！」」

二人が再度飛び出したのに合わせて、王は大量の炎を放つ。

「それはもう」

「見切ったぞ！」

降り注ぐ炎の雨の中を縫うように二人が駆け抜ける。王は空を飛び回り、発射位置を変えて次々に火球で攻撃するものの、宣言通りその全てを躱して距離を詰める。

盾を持たないプレイヤーにとって回避能力は生命線。スキルを使わないで攻撃を避けられれば避けられるほど戦いを有利に進められる。

サリーは言わずもがなカスミの回避の練度も高い。

「【ウィンドカッター】【ファイアボール】！」

「【血刀】！」

サリーが魔法で障壁を剥《は》がし、カスミがダメージを稼ぐ。マイとユイを中心としつつも、二人もダメージを稼ぐ。

集中力が切れミスが起こる前に戦闘を終えるためには、できる時に少しでも多くHPを削っておくことが重要だ。

ダメージを受けるばかりではないと王は次なる攻撃を繰り出す。

後方への炎の槍による攻撃。

広範囲かつ高威力。強力な攻撃ではあるものの、今回は後方に待機するメイプル達もより万全の準備ができていた。

「壁を使って！」

「メイプル、念のため【カバー】もだ！」

「分かりました！」

「【魔法障壁】！」

サリーとカスミが注意を引きつけている間に設置したバリケード。緊急で対応した先程とは違いしっかりと複数枚重ねて置かれた分厚い壁は、カナデの障壁と合わさって、砕かれながらも王の攻撃を受け止めた。

「これなら手が空くな！　メイプル！」

「サリー！　私もいけるよ！」

「オッケー！」

「【全武装展開】！　【攻撃開始】！」

直接当たらなくとも問題ない。メイプルは弾幕によって王の移動を制限し、あわよくば障壁を破りにかかる。

メイプルが攻撃に意識を向ける分、イズは緊急避難用のバリケードを設置しつつ、ゴールドを消費しその場で追加のバリケードを生産し防御を固める。時間と隙、資材さえあればこの防壁にクールダウンはない。

「【古代兵器】！」

メイプルの近くに浮いていた黒いキューブが光を放って拡散し、それぞれを繋ぐように青いレーザーが網目状に走る。

「メイプル、足場を頼む！」

「シロップ、【大自然】！」

「【八ノ太刀・疾風】！」

カスミはメイプルから王に続く道をもらうと、移動速度を上げ、伸びた太い蔓の上を駆け抜ける。

「よし……【始マリノ太刀・虚《うつろ》】」

辿《たど》り着《つ》いた射程内。白く染まる髪。カスミ特有の瞬間移動によって足場の有無も関係なく、王の背後へ転移する。

デメリットである耐久度減少も問題なく乗り越えて、突き出した刀が王の障壁を破壊する。

「【七ノ太刀・破砕】！」

振り抜いた刀が王の背中に直撃し、ノックバックによって王を前方へ吹き飛ばす。

事前に背後に転移したことで飛ばされるのはメイプル達の待ち構えるところだ。

「頼んだ！」

クロムとメイプルが不意の攻撃に備えつつ、マイとユイが武器を構える。

十分に引きつけて。

「「【ウェポンスロー】！」」

放り投げた鉄塊は吹き飛んできた王を巻き込んで、逆方向へと跳ね返す。

凄《すさ》まじいダメージは、またも軽減されはするものの、カスミが一連の攻撃で与えたダメージを遥《はる》かに上回って王のＨＰを大きく削る。

インベントリを操作し、放り投げた大槌を回収し装備し直したところで、王が翼を広げ飛び上がる。

「中々やるな。もう少し本気で行くぞ」

王が両手を広げるとそれに合わせて超巨大な火球が頭上に生成される。

地上全てを焼き尽くされてはバリケードでは防げない。

「皆、しまえる分はしまって。ここは僕らでなんとかする」

防御を固めようとする面々にカナデが呼びかけ、七人はバリケードの回収に切り替える。

空からは漆黒の太陽が落ちてくる。

まともに受ければただでは済まない。

「ソウ、【覚醒】」

カナデはそれでも落ち着いてソウを呼び出す。

【擬態】によってソウの見た目はメイプルに変化し、いよいよ着弾直前となったその瞬間。

「ソウ、【身捧《ささ》ぐ慈愛】」

全てを受け止める暖かな光が八人を包み込むのだった。

燃え盛る黒い炎を、メイプルの姿になったソウが受け止める。

クールタイムも長く、一戦闘中に二度できることではないが、スキルが重要なこのゲームにおいてこれほど強力な能力もそうはない。

「僕らで牽制《けんせい》する。距離をとって」

「ありがとう、カナデ!」

ソウが【身捧ぐ慈愛】を展開できているうちに、燃え盛る地面の上から脱出する。

カナデは魔法陣から次々に魔法を放ち、ソウは【機械神】と【古代兵器】、さらに【毒竜《ヒドラ》】と【滲《にじ》み出《で》る混沌《こんとん》】など撃てるものを全て王へと撃つ。【擬態】が解ければどのみち使えなくなってしまうのだから、出し惜しみしても意味がないのだ。

障壁に阻まれつつもダメージを稼ぎ、追撃を許さない。ソウの【擬態】は解けてしまったものの、十分役割は果たしたと言える。

「魔導書には都合のいいものはないかな。防御はどうする？」

「マイとユイ優先でいく。ダメージカットで耐えてくれるか？」

「うん。分かった」

カスミ、イズ、カナデなら防御力を上げてダメージカットを発動すれば耐える目はある。

完璧に防げないなら、回復込みで戦線を維持するように切り替えるのだ。

「まずい時は、予定通り残ったスキルを順に切りましょう」

「おう」

先程のような超広範囲攻撃は、それ相応の手段でなければ防ぎきれない。

こちらの切り札の枚数も限られている。使い所は慎重に見極めなくてはならない。

「じゃあまずは【救済の残光】！」

メイプルの背から四つの白い羽が伸びる。最初に使っていなかったことで、打ち消されずに残っていたダメージカット。

ダメージを受ける覚悟で戦うクロム達四人にとって、耐久力を底上げするこのバフはこの上なくありがたいものだ。

仕切り直して第二ラウンド。王は両の手に炎でできた長い槍《やり》を持つと急降下してメイプル達に迫る。

「【十ノ太刀・金剛】！」

バックラインを守るためにメイプルとクロムは下がらざるを得ない。

その分、フロントとなって王の突撃を食い止めるのはカスミの役割だ。

自前のダメージカットに加え、メイプルのバフを受けて、正面から王と接近戦を開始する。

「はあっ！」

王は二槍、カスミは三刀。

自由に動かせる妖刀で炎の槍を捌《さば》き、ダメージを最低限に抑えながら【武者の腕】で斬り返す。

互角。いや、やや優勢なのは王の方だ。ダメージカットはあれどカスミの方が分が悪い。

王はボスだ。ステータスもＨＰもプレイヤーとは桁違《けたちが》いな上、継続的にダメージを与える炎を纏《まと》っており、ダメージを無効化する障壁も存在する。一対一でのダメージトレードは成立しない。

「フェイ、【アイテム強化】！」

「【ヒール】」

パリンと響いた音と共に緑の霧が辺りに広がる。イズのアイテムによっての持続回復とカナデの回復魔法がカスミの体力を安全圏まで引き戻す。

しかし続いて発光したのは八人の足元。

超広範囲のそれが、次の攻撃先を示しているのは自明だった。

クロムは防ぎ切ることは不可能と即座に判断。メイプルではなくサリーとアイコンタクトをとる。

「【鉄砲水】！」

後方へ向けて激流が瞬時に発生し、戦闘中だったカスミ諸共一気に押し流す。

直後に天を突いた火柱は間一髪八人を捉《とら》えることはなかった。

それでも、王の追撃は止まない。

上空より降り注ぐは炎の槍。さらに地面は点々と発光を始め、範囲こそ狭いものの複数の火柱の発生を予感させる。

「本気出してきたな……！」

メイプルの防御力と【身捧ぐ慈愛】のコンボがいかに強力か、こういった場面では思い知る。

それでもないものはないのだ。

ここまで行動を制限されてはカナデ、イズ、マイ、ユイを守りつつボスを倒せる位置まで向かうのは難しい。

イズのバリケードも利用してメイプルと二人で防御を固めるが、機動力がない上一撃で致命傷となる現状、あくまで防御することで精一杯といった状況だ。

「サリー、なんとか削ってくれるか⁉　ちょっとキツイ！」

「任せてください。これくらいなら躱《かわ》せます」

「頑張ってサリー！」

攻撃の密度がここまで上がっては【ＡＧＩ】の高い二人に任せる他ない。

ＨＰを削ることで攻撃パターンが変化することを期待してメイプル達は耐えるのだ。

もしそれでより攻撃が苛烈《かれつ》になるというのなら、その時は腹を括るだけだ。

マイとユイによる一撃必殺ができない以上、倒すためには王の全力攻撃を受けて立つより他にない。

サリーはメイプルとクロムの防御を信頼してカスミと共に前に出る。

「ダメージは任せる！」

「ああ！」

サリーは武器を弓に変化させると空を高速で飛び回る王を射抜く。

回避能力は変わらないため、王にも負けない速度で移動しつつ障壁を剥《は》がす。

新たなユニークシリーズによって、魔法以外の遠距離攻撃を手に入れたサリーは、本人の技量の高さによってまさに変幻自在の戦闘スタイルを確立していた。

回避が難しいタイミングでは武器を大盾に変化させ攻撃を受け止めることもできる。

サリーを狙えば狙うだけ他の七人が楽になる。依然として一撃で倒されるＨＰではあるものの、サリーへの信頼は絶大だ。

「【一ノ太刀《たち》・陽炎《かげろう》】【三ノ太刀・孤月】！」

サリーに合わせてカスミが飛びつく。どれだけ素早く動こうとも、範囲内にいる限りカスミの瞬間移動からは逃れられない。

空中に転移して無理矢理に攻撃を捩《ね》じ込むと、サリーへと飛ぶ王に跳躍によって方向を切り替えて背中に一撃を加える。

再度上空に舞い上がって距離を取る中、あくまでも自在に空を飛べるわけではないカスミは落下していく。

「カスミ、使って！」

「助かる！【四ノ太刀・旋風】！」

それでも。今の二人にはまだできることがある。サリーが【黄泉への一歩】によって空中に生成した足場に着地したカスミは【跳躍】で再上昇するとボスをそのまま追いかけて連撃により障壁の守りを貫いてダメージを与えた。

「【水の道】【氷柱】」

サリーは宙へ伸ばした水の中を泳ぎ跳躍したカスミに追いつくと、水中から飛び出して糸をカスミに伸ばす。

跳躍するスキルがもうないのなら、サリーが糸で引き上げる。

グンと引き上げられ王の前まで移動したカスミはそのまま刀を構える。

ダメージカットによって降り注ぐ炎を強引に突破して、残るは大技を決めるのみ。

そこで再度障壁が復活したのを見て、カスミは僅《わず》かに顔を顰《しか》める。

しかし。障壁の復活とほぼ同時。読んでいたように後方から飛んだ一本の矢がその障壁を破壊す

る。

「あとはよろしくね」

「【終ワリノ太刀・朧月《おぼろづき》】」

障壁復活までの時間を既に正確に把握したサリーによってタイムラグなく破壊された最後の防壁。舞う炎によるダメージも意に介さず、白く染まった髪を靡《なび》かせて、カスミが十二連撃を叩《たた》き込《こ》む。

一刀一刀が重く鋭い。王の炎槍に身を焼かれながらもガクンガクンとそのＨＰを削っていく。十二連撃が終わった瞬間。サリーは再度空中に足場を作りカスミを着地させると、カスミはほんの少し飛び上がり、体勢を崩した王の斜め上を取る。

「【七ノ太刀・破砕】！」

叩きつけるように振るった刀は王の肩口に直撃し、地面に向けて王を吹き飛ばす。それは自分が回復するための距離の確保であり、同時にずっとその瞬間を待っていたメインアタッカーへのセットアップでもあった。

「空は頼む！」

「こっちは私達で！」

空から降り注ぐ炎の雨をカナデの障壁とイズのアイテムでカバーして、正面から放たれた炎はメイプルとクロムで受け止める。

二人が引きつけているうちにジリジリと詰めておいた距離は、やはりこの瞬間のためだった。

「「【飛撃】！」」

逃げ場がない広面積の衝撃波。カスミの十二連撃からマイとユイの十六連撃。
凄《すさ》まじい連撃が王のＨＰを大きく削り取り、王はまたしても壁に向かって吹き飛ばされる。
メイプル達はそれでもまだ、王のＨＰが残っていることを確認していた。

「……さあ最後までやろう。広くした甲斐《かい》があるな」

不思議と響く王の声。炎の壁を割いて巨大な黒竜の頭が突き出る。直後鋭い爪を持つ足が、頑強な翼が。完全に竜の姿となった王は、初めに拡大した空間を活かしてその巨体を舞い上がらせる。
直後咆哮《ほうこう》が空気を揺らし、生成済みだった【氷柱】や設置してあったバリケードを破壊する。
大きく開いた口の奥。溢《あふ》れ出る炎を見て全員が直後に起こる現象を理解した。

「お願いメイプル！」

「【クイックチェンジ】！」

「「【ヒール】！」」

装備変更によってメイプルが純白の鎧《よろい》を身に纏う。増加した分のＨＰをサリーとカナデが即座に回復したところで王の放つ灼熱《しゃくねつ》のブレスが全面を炎の海に変貌《へんぼう》せんと迫る。
ある一定のラインを超えた、並の方法では防ぎきれない破壊力。
理外には理外でもって対応するのだ。
こちらにも普通の枠に囚われない最終兵器は存在する。

「【イージス】！」

溢れ出した光は八人を包み込むドームとなって灼熱の炎を受け止める。

広範囲の無敵効果。これ以上ない強烈な防御によってメイプルが王の必殺の一撃を無効化する。

戦闘は最終局面。勝ち切る上でミスが許される相手でないことは明白だ。

「集中していくよ、メイプル」

「うん！」

あと一押し。竜へと変貌した王を見据え、八人は武器を構え直した。


メイプルの強力な防御スキル、【イージス】によって王の攻撃を相殺したものの、竜となって宙を舞う王はその巨大な口に再び炎を溢れさせる。【イージス】で防いだような攻撃が繰り返されるようならば、防ぎ切るのは難しい。全滅とはならないだろうが、マイとユイを守って勝つだけの防御リソースがない。

【身捧《ささ》ぐ慈愛】がない現状、中途半端に耐久戦を仕掛けるのは逆効果だ。

「ブレスなら……！」

「私達で何とかできます！」

相変わらず降り注ぐ炎の雨はマイとユイではどうしようもない。しかし、王の大技であるブレスに対してはまだ対抗策がある。

「オーケー！　カナデ、イズ、手を貸してくれ！」

「任せて」

「多少は食い止めるわ！」

「「【カバー】！」」

イズがアイテムで、カナデが障壁で炎を防ぎ、メイプルとクロムが大盾で残る炎を食い止める。

直後。炎の爆ぜるような音と共に、王から全てを焦がす必殺のブレスが放たれた。

「お姉ちゃんから！」

「分かった……！」

クロムの後ろで守られていたマイが瞬時に飛び出し、八本の大槌《おおつち》を構える。

マイは臆《おく》することなく迫る炎を見据えて握りしめた大槌を振り抜いた。

「【巨人の業】！」

大槌と炎が衝突する。王のブレスは常軌を逸した破壊力を持つが、それはマイも同じこと。

速度、耐久力、対応力。様々なものを犠牲にして、プレイヤーの枠に収まらない異次元の攻撃力を手にしたマイの大槌は、襲いくる炎を王に向けて完璧《かんぺき》に弾き返した。

「二人ともついてきて！」

サリーが指揮を執りマイとユイを前進させる。王の攻撃範囲は拡大する一方だ。派手なブレスは強烈だが、現状は悪いことばかりではない。

「あの大きさ。セットアップはいらないようだな」

カスミは【血刀】によって炎を払いのけ、サリーは魔法で壁を作り、ほんの一瞬ではあるもののスペースを確保する。

今までのように丁寧な事前準備は必要ない。

狙うべき敵のサイズは大きくなり、移動速度も落ちた。これならば二人の攻撃も容易く当てられる。

「「【飛撃】！」」

事実、残りＨＰもあと一押しといったところまできている。狙うは短期決戦。それができるだけの火力がこちらにはある。

「【全武装展開】！　【古代兵器】！」

【イージス】も使い終えて装備を元に戻したメイプルは【古代兵器】も使って総攻撃を仕掛ける。

「メイプルそれ借りる！　【全武装展開】【虚実反転】！」

「こっちも」

「援護するわ！」

メイプルに合わせてサリーも武装を展開し二人で援護射撃を行う。その隣には爆弾を発射するイズと障壁の防護と共に魔法を撃ち込むカナデ。

「【マルチカバー】！」

四人がダメージを出す分クロムが時間を稼ぐ。それでも王のＨＰはまだ尽きず、再度ブレスの予兆が八人の目に映った。

それでもそれは想定内。

放たれた業火の前に今度はユイが立ちはだかる。マイにできることはユイにだってできる。成功はすでに確約されているのだ。

「【巨人の業】！」

迫る業火は今度はユイによって跳ね返される。自らの業火がその身を焦がし、残るＨＰを削っていく。この反射によってようやく倒し切れるかと思われた王のＨＰはほんの僅か残り、そして態勢を立て直した王の口元、そして背後の燃え盛る壁から炎が噴き上がる。

「やべ……」

「メイプル！」

「【暴虐】！」

サリーの声に反応して後方からメイプルが異形となって前に飛び出す。炎がメイプルを襲い、しかしその巨体によって王の炎は遮られた。

後ろの七人は難を逃れ、メイプルは炎を全身で受けながら王に向かって駆ける。

王の炎、続く鋭い爪による先制攻撃。それらを防御力に物を言わせて無効化したメイプルは空中の王に飛びついた。

メイプルの口から噴き出た炎が王を焼き、鋭い爪が体を裂く。

「これで、どうっ！」

王の首筋にメイプルが喰らいつく。

それは全員で削ったＨＰをようやくゼロにし、竜となっていた王の姿は人型に戻っていく。

そうして、壁の炎も収まり空間も元のサイズまで収縮する。

それら全ては、この激しい戦闘の終わりを示しているのだった。

## 二章　防御特化と夢のような旅路。

元の姿に戻った王は、地面に着地すると豪快に笑った。

「はは、やるな！　楽しかったぞ。これは礼だ、持っていけ」

王が指を鳴らすと大きな宝箱が一つ、その場に出現する。

「またやろう。互いに強くなった頃にな。そうだな、ちょうどお前達がこんな城をいくつか攻略したら……とするか」

王はそう言い残すと、満足したように最後にもう一度大きく笑って炎に包まれ姿を消した。

「おっと……まだ続きがある風だったな」

「隠しステージのまたさらに隠し要素といったところか」

「ヒントが少ないから探すのは大変そうだね。僕の読んできた本にも、それらしいものはなかった気がする」

「なら、今の言葉が全てってことになるかな」

「心当たりがありそうね？」

隠しエリアかつ城とくれば、メイプルとサリーが思い出すのは以前攻略した浮遊城だ。

「そういえば……あそこのボスもドラゴンだったね！」

「なんだか関係がありそうな気がします！」

「いくつかということは……他の層にもあるんでしょうか？」

「それは探してみるしかないだろうな。ここが見つかったのも偶然だ。そう簡単には見つからないだろうが……ヒントがある分だけいいだろう」

探索のついでに気を配っておけば、見つけられる可能性も高まるだろう。

長い時間をかけて達成を目指す、【楓《かえで》の木】としての新たな目標の一つというわけだ。

「っと、それはそれとして開けてみようぜ。よし、ここは我らがギルドマスター、よろしく頼む」

「メイプルは運もいいしね。中身がランダムなら、僕達が開けるよりもいいものが出そうな予感」

「そ、そうかなあ？」

隠しエリア最奥での全力の激戦。かなりの強敵だった王が残した宝箱となると期待も高まる。

八人での攻略。【楓の木】の代表として、メイプルが宝箱を開けることに異論はなかった。

「い、いくよ？　あんまり期待しすぎないでね？」

メイプルは宝箱の蓋《ふた》に手をかけてゆっくりと開く。

「おお！」

「なかなか詰まっているわね」

まず目についたのはぎっしりと詰まった金銀財宝。換金可能なアイテムの山。もちろんありがたいが、せっかくの隠しエリアだ。もっと何かないかと財宝の山を退けて、その奥の素材や消費アイテムを掘り返し、底に残ったのは二つの巻物と一つの腕輪だった。

「流石に全員分はないようだな」

「巻物ということは……」

「こっちはスキルですね！」

「皆で読んでみよっか」

メイプルは巻物を手に取ると、取得できるスキルが何なのかを確認する。

二つの巻物に記録されたスキルはどちらも同じものだった。

**【竜炎の嵐】**
消費ＭＰ50
空中に炎の槍《やり》を生成し、一定時間辺りを攻撃する。

「散々やられたアレか」

「効果はシンプルね。誰が使っても強そうだけれど……」

王の攻撃を再現できるなら、どんな相手にも相当なプレッシャーを与えられるだろう。

しかし。

「ＭＰ50だと私とお姉ちゃんは今は使えません」

「ですから、皆さんで」

「私も足りない……あ、でも装備のスロットにセットすれば何とか使えるよ！」

「あとは俺とカスミ、カナデにイズ、サリーの五人だな」

スキルと魔法が重要なこのゲーム。最低限のＭＰは確保してあるのが普通だ。

消費ＭＰ50なら使えないことはない。

「僕はパスかな。皆と戦っただけでも満足したし、範囲攻撃には困らないからね」

そう言ってカナデは背後に浮かべた本棚をコンコンと叩《たた》く。その言葉に嘘がないことはこれまでのカナデの活躍を思い出せば明らかだ。

「私もいいわ。元々戦うことをメインにしていないもの。戦闘中はあくまでサポートなんだから」

「ダメージ出せるのは知ってるけどな……まあ、言いたいことは分かる」

マイとユイ、カナデとイズが降りて、残りは四人となった。

「ねえねえサリー。一つ思ったことがあるんだけど……」

「……当ててあげよっか？」

「え？　分かるの？」

「カスミとクロムさんに譲ろうってことでしょ？」

サリーがそう言うと、メイプルは何で分かったのかと目を丸くする。

「メイプルならそう言いそうだなって。あと私も同じこと考えてたから。ここを見つけてくれたのも二人だしね」

「……マジでいいのか？」

「貰《もら》えるなら、それはありがたいが」

貴重なアイテムであることは間違いない。それでもメイプルとサリーは構わないといった風だ。

「ふふ、その分活躍期待してますよ？」

「期待してます！」

それならばと。クロムとカスミは巻物を開く。それは二人に新たな力を与え、【楓の木】に強力な範囲攻撃が二つ追加された。

クロムは接近された時の強烈な迎撃として、カスミは機動力を活かし敵陣に飛び込んでの強力な攻撃手段として。【竜炎の嵐】の使い所に困ることはないだろう。

「んじゃあこれはありがたくもらったとして、そっちの腕輪は何だ？」

クロムは腕輪を手に取ってどんなものかを確認してみる。

**『竜の残火』**

【ＭＰ＋30】

**【竜炎槍】**

炎の槍を二本まで生成することができる。槍は一定時間経過で消滅する。


「おお、スキル付きだ」

「レアアイテムかもしれないな。装飾品で攻め手を増やせるものはそう多くないだろう」

「そうね。感覚が麻痺《まひ》するところだったわ」

「僕らの周りには不思議といくつかあるからね」

宙に浮かぶ計十二本の白い手と、兵器に変形する黒いキューブが後ろでふわふわと揺れているが、それはそれ。

貴重なものには変わりない。

「ユニークシリーズってわけでもないですし、試してみたらどうですか？」

「空中に出るのかな？」

「どんな効果なのか……」

「見てみたいです！」

「おし、ちょっと待ってろ」

クロムは装飾品を外すと『竜の残火』を装備し、早速スキルを使ってみる。

「うおっ⁉」

スキルを発動してすぐに変化は訪れた。短刀を持つ手から赤い炎が迸《ほとばし》り、炎は槍の形となってそのままそこに留まったのである。

もう一度スキルを使用すると、大盾を持った方の手からも炎が伸びて、同じように槍を形取った。

「持ち直したりはできるが……うーん、ちょっと俺には向いてないかもな」

「射程延長といったところかしら？」

「ベルベットのような武器を手に持たないタイプや、魔法使いなどは緊急時の接近戦用として重宝するかもしれないが……」

既に両手に武器を持っていると、そこにさらに槍まで持たされても上手く使うのは難しい。

「私達はもう装飾品はいっぱいなので……」

「それに二本だったら数も増えませんし」

手に追加で槍二本よりも、空中で自在に振り回せる大槌《おおつち》二本の方が、貴重な装備枠の使い先としては適している。

「本来そんなことはそうないんだが……二人の場合はそうなるなあ」

「私は譲ろう。既にスキルを貰っているからな」

「僕はパスで。流石に使いこなす自信がないかな」

「私もよ。フェイもいてくれるしここまできたらもうアイテムで戦うスタイルの方がいいわね」

そうなると、候補となるのはもう一人しかいない。

「じゃあ、サリー！」

「いいの？」

サリーがメイプルにそう聞き返すとメイプル含め全員がそれでいいと頷《うなず》く。

「まあ、どう考えても一番上手く使えるだろ」

「既に他の武器も使いこなせるのは証明済みだしね」

「そういうことなら遠慮なく貰っておきます。これを使って、次の探索ではもっと活躍してみせますね」

サリーは装備を変更すると短剣を鞘《さや》に収め、腕輪のスキルを起動して二本の炎槍をその手に生成する。

「扱いとしては武器をしまっている状態なんだ……なるほど……」

リーチを確認し、炎でできているものの攻撃はしっかりと防げることも確認し、新たな武器で二槍流として戦う為に最低限必要なことを把握していく。幸い炎でできている以外は妙な部分はないようで、サリーが使いこなすまでそう時間はかからないだろう。

「十層もそろそろ実装されそうだし、それまでに隠しエリアの城探しでもしておくか」

「今のところ、城があったなんて話は浮遊城くらいかしら？」

「僕は聞いたことないなあ」

「時間がかかってもいいだろう。この隠しエリア自体は逃げたりしないからな」

「時間……」

それを聞いて、メイプルが珍しく悩むような迷うような様子を見せる。

「そろそろ勉強にも集中しなさいよー、って言われちゃって……十層とイベントは遊べそうなんですけど、その後はこれまでみたいにログインできないかもしれなくて」

メイプルがそう言うと全員が今がそういった時期であることに思い至る。

「ああ、確かにそんな時期か。そりゃ仕方ない。ゲームも大事だがリアルも大事だ」

「そうね。どっちも大事だわ」

「じゃあ次の十層は僕ら皆で協力して、最終目標の達成を目指そうか。ほら、強力なボスがいるみたいだし」

「いいですね！」

「頑張ります……！」

「となると狙うは素早い攻略だな。それならば結果的にメイプルも最後まで遊べるだろう」

広大なエリアの探索。八人では難しい部分もあるだろうが、節目となる十層の目標としてはちょうどいい。

道中の苦労は、目標達成後の充実感を何倍にも大きくしてくれるからだ。

「そういえば、メイプルがそうならサリーもか?」

「そうですね。残念ですけど……」

サリーは言葉通りの表情を浮かべる。

【楓の木】は全員強力なプレイヤーだが、ギルドを作った二人でもあるメイプルとサリーはやはり中心となる存在だ。

いるのといないのとでは日々の探索も、イベントでの戦闘も大きく変わってくるだろう。

「サリーもメイプルと同じ頃までは大丈夫なの?」

「うん」

であれば。八人の目標は固まった。素早い探索と強力な敵の撃破。そして、最奥に控える最強のボスを倒すことだ。

「じゃあ、皆よろしくね!」

メイプルの声かけに全員が任せておけと応じる。中途半端に終わらないよう、最後まで全力で楽しむのだ。

「…………」

分かっていた。

気づいていた。

それでも見ないようにしていたのだ。

ずっとずっと。いつか来るこの日を。

サリーはほんの一瞬目を閉じる。

ここまでの幸せな旅路が、夢のような時間が、鮮明に浮かび上がるのは、それだけ全てが楽しかったから。


このまま時間が止まればいいのにね。


サリーは無理な願いを思い浮かべて、ほんの少し寂しそうに笑った。

「……メイプル、なら全力でボス倒しに行こう！」

「うん！　頼りにしてるよサリー！」

「ふふ、任せて！」

どんな旅にも終わりがあるなら。

どうしようもないのなら。

メイプルが最後まで一番楽しんでくれるように。
サリーは今度はメイプルに自信あり気な笑顔を向けたのだった。

# 三章　防御特化と来たる日を待つ。

月日は過ぎて、もうすっかり寒くなり季節の移り変わりを感じる中、白い息を吐きながら楓《かえで》と理《り》沙《さ》は二人学校へと向かっていた。

「いよいよ今週末だけど……どう？」

「大丈夫だと思う！」

「よかった。なら皆で行けるね」

そう。週末は十層の実装予定日なのだ。できることなら【楓の木】全員で予定を合わせて一緒に十層へ向かいたい。十層へ続くダンジョン攻略を一回で終わらせられれば、その分早く十層探索へ移れる。

「楓はもう勉強始めたの？」

「うん。今度のテストの結果が良かったらゲームする時間ちょっと増やしても多分大丈夫！」

「楓からそんな言葉が聞ける日が来るなんてなあ……」

「もー、理沙は大丈夫なの？」

「始めた頃はちょっと禁止されてたけど、あれ以降は成績上げ続けてるから」

「おー！　ふふふ、やればできるんだからー」

「まあね。今禁止されるわけにはいかないでしょ？」

色々と気にすることなく遊べる時間はしばらくなくなってしまうだろう。ここから先の数ヶ月はこれまで以上に大事なのだ。リアルのためにもゲームのためにも勉強は手を抜くわけにはいかない。

「理沙は今日はどう？」

「んー……今週末時間かけて遊びたいし、今日は勉強しているところを見せておこっかなって」

「じゃあ今日の夜は一緒に勉強しようよ」

「いいね。週末に体調崩したりしないでよ？」

「うん、気をつける！」

二人は他愛無い話をしながら学校へと急ぐ。


教室にはまだ誰もおらず、二人は荷物を下ろすと話し始めた。

「理沙はどうするの？」

「現状遠くに行くつもりはないかなあ。そっちは？」

「私もー。でも、理沙とは別になっちゃうかも……」

随分長く同じ時間を過ごしてきた。隣にいないことに少し違和感を覚えるくらいに。

「何だか変な感じだね。初めて会った時のこと覚えてる？」

「もちろん！」

元気よく返事をした楓を見て、理沙は懐かしみながらあの頃のことを思い出す。

「こんなに長く遊ぶようになるなんて思ってもみなかったなあ」

「えへへ、そうだねー」

「ここ最近はゲームの中でも一緒だし」

「ゲームの中でなら別の場所にいても会えちゃうもんね」

「うんうん。それがオンラインゲームのいいところ」

オンライン上でなら距離の制約はない。二人同時刻にログインさえすれば、いつだって会えるだろう。そう、簡単なことだ。

「いつも一緒って訳じゃなくても、リアルでも週末にちょっと会うくらい簡単な距離だし」

「うん！　まだまだ先のことだけどね」

「そそ。楓もちゃーんと勉強して望んだところに行けるよう頑張るように！」

「はーい！　じゃあ今日の夜の勉強会、忘れちゃ駄目だよ？」

「もちろん！」

約束を楽しみにしているうちに時間はすぐに過ぎて、下校した二人は諸々の準備を済ませてボイスチャットを繋《つな》ぐ。

「とりあえず夜ご飯までかな」

「うん、そうしよ！」

二人はそれぞれテキストを開き勉強を始める。

「理沙、成績どんどん良くなっていくねー」

「スコアアタックみたいな気分でやってる。万が一にも今ゲームを禁止される訳にはいかないしさ」

「あはは、理沙っぽいかも」

どうせやるならいいスコアを目指すべき。理沙の精神性はいい方向に働いたと言える。

理沙の成績は右肩上がりに伸びていた。それは、今この幸せな時間を余計なことで一瞬でも無駄にしたくないと思っていたからだった。

「でももう大丈夫そうだけどなあ」

「まあ結構厳しいからさ。それに、一度上がると下がった時に目立つから」

「それはそうかも。じゃあ頑張らないとね」

「そういうこと」

楓と理沙は数時間ほど勉強を続け、そろそろ晩御飯の時間といったところで一旦《いったん》切り上げてテキストを閉じる。

「疲れたー……でも結構頑張ったかも！」

「お疲れ様」

「週末はいよいよ十層だしね！　頑張った分楽しまないと！」

「いいね。私もそのつもり」

楓からそんな言葉が聞けるなんて。少し前には考えられなかったことだ。二人で、いくつのゲームを遊んだだろうか。一つ言えるのは、これだけ楓が楽しそうにしているのが初めてなのは間違いないということだ。

理沙は嬉《うれ》しそうに、少し寂しそうに、楓にある提案をする。

「十層はさ。全部一緒に回ろうよ」

「理沙と？　……もちろんそのつもり！」

「たくさん隠しエリアを見つけて、強いボスを倒して、綺麗《きれい》な景色を見よう」

「十層は広いって言ってたもんねー……いろんな場所がありそう！」

「私も楽しみ」

「うんうん！」

遊べるだけ遊ばなければ損だ。

次があるか分からないなら。

いや、おそらくないと思っているから。

「……今、目一杯楽しまないとね」

「待ちきれないねー」

「ふふっ、うん。そうだね」

階下から二人を呼ぶ声が聞こえる。晩御飯の時間だと、一旦通話を切ってそれぞれ部屋を出ていくのだった。

◆□◆□◆□◆□◆

勉強会翌日。週末に十層が迫る中、【楓の木】の訓練所に轟音《ごうおん》が響く。

「【紫電】！」

「朧《おぼろ》、【黒煙】！」

訓練所ではベルベットとサリーが決闘の真っ最中だ。ベルベットの雷の雨を当然のように避けるサリー。ベルベットを包み込むように展開した煙幕により姿を隠したサリーは、一瞬ののちベルベットの真横から姿を現す。

しかし、ベルベットはこれに応じない。接近を許し、その刃が体に届く直前まで来ても一切の防御行動を取らない。

結果、攻撃してきたサリーは、接触と同時にその姿が揺らいで消えていってしまった。

「何度も同じ手でやられる訳にはいかないっす！」

黒煙が晴れると、一旦距離を取ったサリーが遠くに見える。

「本物かどうか分からないなら、ダメージを受けた後で反撃するっすよ！」

「確かにベルベットならそれができるね」

ベルベットはスキルを使うことでサリーと同等、いやそれ以上にもなりうる移動速度を持ち、ＨＰと防御力も敵陣に飛び込むために一定の水準まで確保している。

幻影を利用し、巧みに一方的なダメージトレードを行うサリーではあるものの、短剣による強烈な一撃を加える瞬間には本人が近づいている必要がある。

接近するまでじっと待ち、本体だと確信できた後で攻めに転じる。

肉を切らせて骨を断つ。ダメージを与え合った時、先に倒されるのはＨＰが最低値のサリーとなるのは明白だ。

「どうっすか！」

「それなら、こっちも別のやり方でいくよ」

サリーは短剣のうち片方を鞘《さや》に収めると、スキルによって形状を変化させる。その手には弓。近づけないなら、近づかない。既にサリーの武器は一つではない。

「全部の武器になるってことっすか」

「そういうこと。待ってるっていうならこれで撃ち抜くよ！　【氷柱】【水の道】！」

サリーの宣言と共にいくつもの氷の柱と、空中を駆け巡る水の道が生成される。

「いくよ！」

サリーはその手から糸を伸ばし、水中と空中そして地上を高速で自由自在に行き来して、ベルベットの周りを跳び回る。

「……！」

今でもなお信じ難いことだが、サリーは雷の雨には当たってはくれないだろう。それでも自分から攻撃を仕掛けたくはない。攻撃動作は隙を生む。それはサリーの望む展開だからだ。そんなベルベットは的確に飛んでくる矢と魔法を可能な限り躱《かわ》しつつ、サリーの様子を窺《うかが》う。

「痛いっすね……！」

雷を避ける度にサリーが纏《まと》う【剣ノ舞】のオーラは強まる。ベルベットにはその効果は正確には分からないが、時折直撃する矢の異常なダメージが、このまま好きにさせていてはいけないと告げている。

サリーから近づいてくることはない。攻撃に転じるしかないと、ベルベットは駆け出した。

「【極光】！」

隙が生まれるのを避けられないなら、それを少しでも小さくする。

自分を中心として光の柱のように雷が発生し、範囲内全てに電撃が弾ける。

手応えはない。しかし、ベルベットにも狙いはあった。【極光】はサリーにとって最悪の攻撃だ。範囲内を円柱状に埋めるダメージ判定はいかに回避能力が高かろうと逃れられるものではない。それがクールタイムに入った。サリーにとって接近戦を仕掛ける理由の一つになる。

用心深いサリーなら弓での攻撃を続け飛び込んでこない可能性は高い。それでも、相手からの異なるアクションを引き出しうる一つの材料を投下したのだ。


結果。光の柱の消失と共にサリーは弓をダガーに変形させて飛び込んできた。少し予想外という風なベルベットは一瞬驚いた後、これが本物でない可能性を考慮し、つい放とうとしたスキルを飲み込む。

一撃ならまだ耐えられる。ギリギリまで様子を見つつ、辺りの気配に気を配る。

そうして肉薄したサリーはダガーを振り抜く。それはベルベットの胸部から腹部にかけてを斬りつけ、ダメージエフェクトを散らせた。

「……っ⁉　【スタンスパーク】【紫電】！」

正面からの突撃。ベルベットは意表を突かれたものの、範囲外には逃さない。サリーとの距離が開かないようにステップしつつスタンを与える電撃と共に、突き出した拳《こぶし》から前方へ雷を放つ。

それはサリーを確実に捉《とら》え、そして同時にその姿を霧散させた。

「っ……！」

ベルベットの視界に次に映ったのは、背中側から体を貫いて胸元より伸びる二本の燃え盛る槍《やり》と装飾のされていない大剣だった。

いつ、どのタイミングで入れ替わった。その答えは出せないまま、【剣ノ舞】によって強化された三本の武器による攻撃はベルベットのＨＰを吹き飛ばした。


あくまでこれは訓練所内での決闘だ。負けてもすぐその場で復活し、スキルのクールタイムも解消される。

だからこそ、全力で戦った訳だが。

「いつ！　いつっすか⁉　いつ入れ替わったんすかー！」

「もちろん教えないけど。いつだと思う？」

「うーん……攻撃された瞬間までは本物ってことっすから、その後に……」

幻影と入れ替わり、【スタンスパーク】と【紫電】を避けた上で雷の雨をすり抜け背後に回り込み攻撃。

言葉にしてみると不可能なように聞こえるが、サリーならばありうる。

「それにあの槍は魔法っすよね！　かなりの威力だったっす」

「まあね」

背後だったり、水のカーテンだったり、氷の柱だったり、幻影に注意を引かせたりと、ベルベットの視界外で重要なことが行われており、何かが起こったという事実以外は分からないことばかりだ。

それがサリーの立ち回りの異次元の上手さをひしひしと伝えてくる。

「結局、今回も分からないことばっかりっすよ」

サリーはそんなベルベットの様子を見て、核心には至っていないことを把握する。

イベントの時から、要所で使用された【虚実反転】。ほんの僅《わず》かな間【蜃気楼《しんきろう》】により生成された幻影はダメージを与えるようになった。ベルベット、ヒナタとの戦闘中に日付変更までのタイマーをカウントしていたサリーにとって効果時間の管理は苦ではなかった。

あまりに巧みに、真実を把握できないように使用されてきた切り札。お陰で【虚実反転】の正確な情報を持っているのは【楓《かえで》の木】のギルドメンバーくらいである。

答えは一つ。【極光】直後には入れ替わっていた。これだけだ。

されどこの答えに行き着くには、知らないスキルが邪魔をする。

サリーが情報を公開しない限り、しばらくは真実は闇の中だろう。

「相性はいいはずなんすけどねー」

「それはそうだと思う」

「ヒナタも呼ばないとっす！」

「じゃあこっちもメイプルを呼ばないと」

「あはは、それも楽しそうっすね！」

移動制限まで受けては流石のサリーも戦えない。ベルベットとしてもヒナタと二人でフルパワーだ。イベント以来、早くも再戦というのも悪くない。メイプルとサリーの準備した策がほんの僅か上回りはしたが、あの夜の戦いはどちらが勝ってもおかしくないものだった。

「【thunder storm】は十層は？」

「まだ行ってみないと分からないっすけど……私は最速で飛び込むつもりっす！」

もちろんヒナタも連れて、とベルベットは付け加える。ヒナタがいれば重力を無視して自由に駆け回れる。行けない場所などないだろう。

「クエストとかじゃないなら、ラスボスに直行できたりするのかな」

「流石にないとは思うっすけど。ほら、飛べるテイムモンスターも沢山いるっすから！」

空を飛ぶ。これが現実的なものとなっていることはイベントで確認済みだ。亀に乗るのは流石にであれば、その辺りの対策はされていて然るべしというものだ。

一人だけだったが、ペインやミィ以外にも、さまざまなライダーが空を駆けていた。

「そっちはどうなんすか？」

「メイプルと回るのだけは決まってるかな。予定も合わせやすいし」

「イベントの方はどうっすか？　対人、出るっすよね」

「そうだね。そのつもり」

「……やるってことっすよね」

「それは……どうしようかなって」

「ええっ!?」

ベルベットは目を丸くする。サリーも問われていることが何なのかは分かっている。

対人戦に出て、メイプルと戦うんだろう？

そう聞かれているのだ。

「イベント辺りでリアルの方が忙しくなって、ログインするのが難しくなっちゃいそうなんだよね」

「だったら尚更……！」

「……ベルベットは対人戦も好きそうだけど、いつから？　どうして？」

「えっ？　まあ、それは……うーん。私はそこまでゲームをするって訳じゃないっすから、元々競い合うのが好きだったってことになると思うっす」

「私もそう。元々そういうの好きだった。でもそうじゃない人もたくさんいるし、それは別に自然なことだと思う」

「そうっすね」

「メイプルは、嫌いじゃないけど私達ほど好きって訳でもないと思う。だから……それが私達にとって楽しい体験になるか分からない」

二人にとって最後のイベントになるなら、サリーはメイプルに楽しい思い出だけを残してあげたい。最後まで楽しんでもらえるなら、出会った時から願っていた、たった一戦も。

「実現しなくても構わない」

「優しいっすね。いや……不器用っすね」

「………」

「まあまだ時間はあるっすから、のんびり決めればいいと思うっす！　で、それまでは私が相手をするっすよ！」

「それ、ベルベットが戦いたいだけじゃない？」

「それもあるっす！　さあもう一戦！　さっきのを踏まえてリベンジするっすよ！」

「オーケー。返り討ちにしてあげる！」

今はまだ少し遠い夢。

決断はしばし先に送って。

再度向き合った二人は、決闘開始の合図と共に互いに駆け出した。

# 四章　防御特化と十層へ。

そうして待ちに待った週末。いよいよ十層へと続くダンジョン、そして十層が実装される日。メイプル達は順にギルドホームへと集まってきていた。

「いよいよだね！」

「まずはダンジョン攻略から、一発で勝ちたいところ」

「流石にまだ情報もないしな。でもまあやれると思ってるぞ」

「ああ、油断することなく戦えば問題ないだろう」

メイプル達は少し前に八人で強力なボスである王を撃破したところだ。【楓の木】で行う連携攻撃への自信は高まっている。

十層に至るまで、積み上げてきたスキルと上げてきたレベルは多彩な戦闘を可能にしていた。

カスミなら機動力を活かしたノックバック。サリーなら水と氷を使った妨害や足場の生成、クロムやカナデには移動速度低下がある。

麻痺《まひ》が効くボスも随分珍しくなったが、メイプルも状態異常による支援が可能だ。

あとはイズが掛けたバフがあれば、ツキミとユキミの力を借りてマイとユイが懐に飛び込める。

メインアタッカーへのセットアップルートは多岐に渡る。最もリスクが低く成功しやすいものを選択し、こちらの強みを押し付けるのだ。

「揃《そろ》ったし、僕らも早速ダンジョンまで移動する？」

「アイテムの準備もできているわ。いつでも大丈夫よ」

「ならハクに乗って行くとしよう」

「よーし、じゃあしゅっぱーつ！」

狙うはダンジョンの一発突破。上手く攻略が進めば残った時間でそのまま十層を軽く探索することもできるだろう。

準備が済んだのならすぐ出発するに限る。メイプル達はフィールドまで移動すると【超巨大化】したハクの背に乗ってダンジョンへと向かう。

道中は特にモンスターに邪魔されることもなく、八人は無事ダンジョンまで辿《たど》り着《つ》く。

今回のダンジョンの入り口は、水と自然、炎と荒地、両方の国のちょうど境にあるどちらの特色も持ったエリアに位置していた。

かつて神殿でもあったのだろうか。ボロボロになった石柱を水と氷、繁茂する植物が覆っている部分もあれば、既に古びた石材による舗装を溶岩と弾ける雷が抉《えぐ》っている部分もある。

そんなエリアの中央に青く輝く魔法陣が一つ。

今回のダンジョンは転移先に広がっている。ここからでは状況を窺《うかが》い知《し》ることはできない。

「飛んだ先がどうなっているかは分からないが……」

「【身捧《ささ》ぐ慈愛】を使ってもらっておくってのもちょっと躊躇《ためら》っちまうな」

頭によぎるのは以前王の放った、スキルやバフの打ち消し。王は別格である。しかし、ないと言い切れないのも事実だ。こちらが強くなった分、モンスターもそれに合わせて強くなっているのは間違いない。

情報がない以上、現状答えは得られない。

【身捧ぐ慈愛】の有無は戦闘において選択肢の数を大きく変える。雑に失うわけにはいかないスキルの一つだ。

「ここは温存してもらうか。転移して即危険なら俺が【守護者】で時間を稼ぐ。必要ならそこで使ってくれ」

「分かりました！」

「最悪の場合、僕も魔導書を使うよ。ほんの少しだけど防御用の強い魔法もストックできたからさ」

安全第一。防御寄りに作戦を統一して、メイプル達は魔法陣へと足を踏み出した。


バシャンと音を立てて、メイプル達は着水する。転移先はメイプルの胸元辺りまで水に沈んだ白を基調とした古い建造物の中だった。

壁にはライトのようなものが設置されており、明るさは確保されているため、高い天井と広い通路幅を確認できる。

「マイ、ユイ、大丈夫？」

「はい……な、何とか」

「ユキミに乗れば大丈夫です！」

メイプルで胸元近くの水位であるため、それよりも背の低いマイとユイはテイムモンスターに乗らなければ顔が水面に近い状態だ。

「げ、この水【ＡＧＩ】低下付いてるな。30％ダウンだからかなりデカいぞ」

「私の【大海】みたいな感じですね」

体が触れている限り、移動速度の低下は免れない。スキルを使って水上を行くのも不可能ではないが、ダンジョンの作りを見るに無理やり回避し続けるより受け入れた方が進みやすいと思えた。

地に足をつけていれば【ＡＧＩ】は落ちるものの、足元は安定している。どうしてもまずい場面はバフで相殺して乗り切ることに決めて、メイプル達は歩き出した。

「んー……何だかいかにも戦闘が起こりそうな感じだね？」

「ああ。そのための通路幅だろう」

「噂をすれば。早速来たわよ！」

通路の奥。水に沈まないように輝く魔法陣の上に乗って滑るように移動してくるのは一人。その手には大きな青い宝石のついた長杖《ながつえ》を持っている。

頭上にはＨＰバー。ダンジョン最初のモンスターの出方を見つつ八人は武器を構える。

「一体だな」

「ああ、後続はいないようだが……」

前衛もおらず、後続もおらず。魔法使い一人というのが何とも不気味でメイプル達はじっとモンスターの動きを見つめる。


直後。

大きく広がる足元の魔法陣。

凪《な》いだ水面が大きく膨れ上がり、竜巻のように激しく渦を巻くいくつもの水流が一気に襲いかかった。

「メイプル！」

「【身捧ぐ慈愛】！」

サリーは一瞬の防御では防ぎきれないことを即座に判断。メイプルが【身捧ぐ慈愛】を展開したのとほぼ同時に、抉るように凄《すさ》まじい勢いの水流が着弾する。

「……！」

体が押し流される感覚。完全に水に沈み、上下すらもわからなくなってしまうような。

【身捧ぐ慈愛】はあくまでも範囲内を守るのみ。押し流されれば、その場に残された皆を守ることはできない。

焦るメイプルだったが、壁にぶつかりその場に留まれたことで何とか水面に顔を出す。

「……ハク！　ありがとー！」

「よかった。何とか全員囲い込めたか」

「ナイスカスミ、助かった……ったく、十層に繋《つな》がるだけあって雑魚も容赦ねえな」

「どうしましょう？」

「メイプルさんがいないと私達は流石に……」

「でも本人があの状態だと難しいわね」

【超巨大化】したハクがとぐろを巻いて八人を囲い込んで激流から守ってはいるものの、滝壺《たきつぼ》にいるかのような轟音《ごうおん》がハクの巨体の向こうから響く。【身捧ぐ慈愛】はハクにも当然適用されている。

ハクはダメージを受けないが、激流に付与された陣形破壊のためのノックバック。これがメイプルをハクの体に押し付け続けていた。

「うーんずっとノックバックだね。僕らと一緒に前に出るのは難しそう」

誰かを庇《かば》うたび後方に飛んでいかれては防御が安定しない。

「いくつかやりようはありますが……相手は雑魚モンスター扱いっぽいですし、できるだけリソースは使わずに、安定した勝ち方を確立したいですね」

「ハクは私が守ってあげられるから……こういうのはどうかな？」

絶え間なく吹き飛ばされハクの体に打ち付けられながらメイプルが提案する。

「……確かに安定して勝てそうだね」

「よし、今回はそれでいってみるか」

「前方確認は私がするわね」

イズはインベントリから長い筒のようなアイテムを取り出すと、とぐろを巻いたハクの上まですするすると伸ばす。

これで伸ばした先端から前方を確認できるというわけだ。

「バッチリ見えるわ。すごいわね……水は止まる気配がないわ」

「なんでも持ってんな」

「なんでもはないわよ？　作ったものだけ」

「怪しい動きがあれば教えてもらえると助かる。ハク！」

カスミがハクに指示を出すと地響きと共に巨体が動く。とぐろを巻いたままじりじりと、竜巻が前進するように、ゆっくりモンスターににじりよる。

「この距離なら行けるはずよ！」

「ハク！」

カスミがハクに再度指示を出す。ハクはその長い体を伸ばし【楓《かえで》の木】の面々を守りながらも、放たれる水の間を抜けて素早く魔法使いに襲いかかった。

バッン。閉じた口は魔法使いを胴を境に両断する。驚かされはしたものの、あくまで一人きりで出てきた後衛モンスターだ。距離さえ詰められれば倒し切るだけのダメージは出せる。

魔法使いが倒されるのと同時に、荒れ狂う激流は収まり、凪いだ水面が戻ってきた。

「幸い通路は広い。ハクにはこのままついてきてもらうとしよう」

「だな。次に来た時も同じ方法で対応できる」

「本当に助かりましたー……」

「流石カスミさんです！」

「でも中々嫌なモンスターだったね。【ＡＧＩ】低下の水を張った上でノックバックの激流かあ。僕らはメイプルとカスミのおかげで何とかなったけど水に飲み込まれてたら大変だったよ」

「見た目は覚えたし、他のモンスターと同時に出てきた時は要注意だね」

「今度はやられる前に先制攻撃しちゃおう！」

「確かにそれもいいわね」

幸い耐久力は低いことが分かっている。メイプルの【機械神】による攻撃が決まれば有利に戦闘を進められるだろう。

「まだまだ入り口だからね。残量に気をつけながら奥を目指そう」

「はーい！」

まず最初のモンスターを返り討ちにして、メイプル達はさらにダンジョンの奥へと進んでいく。

分かれ道もなく幅の広い一本道が続く中、奥からは再度先ほどの魔法使いが現れる。しかも今回は大盾とランスを持ち重鎧に身を包んだ、いかにもな前衛三人付きだ。

「メイプル、やってみて！」

「うんっ！【砲身展開】【攻撃開始】！」

メイプルの背から枝のように支柱が伸び、大量の砲が前方に向けられる。

それらは直後火を噴いて、四体のモンスターに大量の砲弾を放った。

まともに受ければ魔法使いは木っ端微塵《こっぱみじん》になるだろう。しかし、攻撃に反応して三人の前衛が素早く間に割って入る。

金属のぶつかり合う激しい音が響き、砲弾は強固な守りに阻まれる。

前衛の三人にもダメージはほとんど入っていない。

「そう上手くはいかないか」

それならそれで仕方ないとサリーはカスミとアイコンタクトをとる。再び渦を巻く激流が放たれたのと、ハクが八人を守るように壁になったのはほぼ同時だった。

激しい水音が響く中、途切れることのないノックバックを受け、ハクに叩《たた》きつけられているメイプルを除いて、全員自由に動ける状態を維持できている。

再度ハクに近づかせて一人ずつ捕食してもらおうと、イズがするすると筒を伸ばす。

その時。

ダメージエフェクトと共にメイプルのＨＰがぐんぐんと減少を始めた。

「うぇっ⁉」

「【ヒール】！」

反応したのはサリーとカナデ。魔法によってメイプルのＨＰを回復させるが、一度回復してもすぐにまたＨＰは減っていく。

「ちっ、あのランスか！」

「私が回復しておくわ！　皆で何か手を考えて！」

「うぅ……ずっと攻撃されてるみたい」

イズはインベントリから大量のポーションを取り出してメイプルを回復する。

最初に覚えられる基本中の基本である【ヒール】ではそろそろ力不足だ。カナデなら他にも回復魔法があるが、それが本職というわけでもない。ここはイズの強力なアイテムの出番である。

イズはポーションによって直接ＨＰを回復するとそのまま持続回復のエリアも生成する。

メイプルも攻撃は一旦諦《いったんあきら》めて【瞑想《めいそう》】により自己回復に専念する。

「カスミ、後ろだけ塞《ふさ》いで前は空けて」

「ああ」

ハクをスルスルと移動させ、メイプルの支えになるように通路を塞いで待機させる。

となれば、敵と自分達の間にあった壁はなくなり、ランスを持った三人の敵前衛が水のうねりと共に突っ込んでくる。

「マイ、ユイ。落ち着いて対処して。メイプルが守ってくれるから」

「「はい！」」

ツキミとユキミに乗った状態で、襲いくる水に飲まれながら、しっかり目を開けて激流に揺らぐ三人の姿を捉《とら》える。

「「【ダブルスタンプ】！」」

うねる水の轟音に交じりガァンガァンと激しい金属音。二人の大槌《おおつち》を受けてなお三人は健在だ。

これまであらゆるモンスターを消し飛ばしてきた経験から、攻撃力の不足でないことは明らかだ。

故に大盾で防がれているうちは与えられるダメージに上限があると二人も理解できた。

「お姉ちゃん！」

「うん……！」

だったら。二人の武器は手に持つ二本だけではない。続け様に叩きつける大槌とは別に【救いの手】に持たせた分をするりと背後に回す。

盾は一枚。全ての大槌を防ぐには枚数が足りない。

「「やあっ！」」

挟み込むように大槌を叩きつける。

流石に二人の攻撃を前提としては作られていないため、直撃すれば耐えられない。爆散する前衛を視界の端に捉えつつ、サリーが前に出る。

「使ってみようか。【ウェーブライド】！」

【水操術】のレベルアップで手に入った新スキル。【鉄砲水】と【水の道】の合わせ技のようなこのスキルは目の前のものを押し流しながら生成した波の上に乗ってサリーの移動を助ける。

視界を遮る竜巻のような激流から抜け出すと、サリーは奥に魔法使いの姿を捉えた。

「【氷柱】！」

その背後に立てるのは巨大な氷の柱。そこに糸を伸ばすと一気に縮めて高速で接近する。

細かな回避ができなくともメイプルの防御範囲であれば問題はない。

「【クインタプルスラッシュ】！」

素早く飛びかかったサリーから距離を取り直すことは難しく、強烈な連撃が叩き込まれ、魔法使いは耐えきれずに消滅することとなった。

「ありがとう、みんなー！」

「私達こそ」

「メイプルさんのおかげで助かりました」

【身捧《ささ》ぐ慈愛】に時間制限はない。全ての攻撃を引き受けて尚倒れないメイプルだからこそ十全に扱えるスキルの一つだ。

お陰で【楓の木】は【楓の木】にしかできない戦略を取ることができている。

「イズさんとカナデに回復、クロムさんにメイプルの対処できない攻撃の対応を担ってもらって、マイとユイで前衛、私とカスミで後衛に飛び込みましょう」

「分かった。貫通攻撃があると分かった以上必勝とはいかない。必要以上にリスクを負わないためにも、ハクだけ待機させて早期決着を狙おう」

「まだモンスターも増えるかもしれないしね。油断せずに進もう」

カナデの言うように、敵が二種類だけとは限らない。柔軟に対応しつつ、切るべきタイミングであるなら切り札となるスキルも切っていく必要があるだろう。

ともあれ。構成を変え、よりパワーアップして戻ってきたモンスターも撥ね除けたメイプル達は、自信を持ってさらに奥へと進んでいった。

◆□◆□◆□◆□◆

ノックバックで跳ね飛ぶメイプルを優しくキャッチして戦闘を繰り返すこと数回。

魔法使いの激流による一方的な陣形破壊を中心として戦闘を組み立てている敵にとって、全てを引き受けてしまうメイプルと、それをその場に留めておける手段は強烈に刺さったと言える。

勝ちパターンに嵌《は》めることに成功したメイプル達は、余裕を持ってダンジョンを突き進んでいた。

「……？　浅くなってきた、か？」

「そうみたいね」

「ふぅ、ようやく移動も楽になりそうだ」

最早水路のようだったダンジョンだが、先に進むにつれ水位が下がっていき、やがて水は完全に引いて乾いた床が姿を現した。

「少し狭くなったか。ハクは戻すしかないな」

【超巨大化】は強力だが、スペースの都合上どこでも使えるわけではない。特に屋内では使えないところがほとんどだ。

「まあ、ノックバックがなくなるなら大丈夫だしね。ただの攻撃なら僕らもサポートできる」

「もうないといいなあ」

ここまではメイプルはハクに打ち付けられて身動きが取れないか、戦闘間の移動かのどちらかしかしていない。

それでも役立っている辺り、敵との相性はいいような悪いような微妙なところだ。

「メイプルも防御ありがとう、まだまだここからだけどね」

「うん！　頑張るよ！」

「雰囲気が変わりましたね……」

「モンスターも変わってくるんでしょうか？」

「ありえそうね。同じなら地形を変える必要もないでしょうし」

しばらく進んで、背後に水もすっかり見えなくなった頃。前方、薄暗い通路の奥に仄《ほの》かな明かりが見てとれた。

敵かと身構えるメイプル達だが、明かりはその場から動くことはなく、やがてその正体が何なのかが明らかになる。

「うわっ……すごーい……」

メイプル達の目の前には深い底へと続く穴と、そこに足場として立ち並ぶ石柱があった。

覗《のぞ》いた穴の底はコポコポと音を立てるマグマが赤い輝きを放っており、落ちればメイプルとて無事では済まないだろう。

石柱間にはそれなりの幅があり、飛び移れないほどではないが足元の状況はかなり不安定だ。

「継続ダメージ……即死ってことはないよな？」

「落ちてみる？　命綱はつけてあげるわよ」

「遠慮しておく」

「それは冗談としても、本当に高いね。落ちたら戻ってくるのはかなり大変そうだ」

「飛び移ると……失敗した時が怖いし、私が足場を作るよ」

サリーは【水の道】を利用して足場と足場を水で繋《つな》ぐ。

「【氷結領域】」

パキィンと高い音が響き、放った水が凍りつく。足場を繋ぐのは幅の広い氷の橋。滑り落ちないようにだけ気をつけて、八人はマグマの上を進んでいく。

「これなら安全だね！」

「うん……ま、そう簡単にもいかないみたいだけど」

サリーが武器を構えたのを見てメイプルも足元から目線を上げて前を向く。

眼下のマグマだけが敵というわけではもちろんない。

正面から向かってくるのはワイバーン一体に弾ける電気の塊が二体。不安定な足場だが、戦闘は避けられない。

「カスミ、メイプル！」

サリーに呼ばれた二人は意図を察して前に出る。一方的に空中を取られているのは具合が悪い。敵が本格的に攻撃を開始するより先に仕掛けることで、少しでも状況をよくしたい。

空中戦ができるカスミとサリーが飛び出して、【身捧ぐ慈愛】でカバーできるようにメイプルが続く。

「【鉄砲水】！」

【氷結領域】の効果が続いているため、生成した水はそのまま凍っていく。

せり出した氷の上をカスミが駆け抜け、そのまま跳躍する。

それに反応したモンスター達。素早く炎を吐き出すワイバーンと、それに合わせて電塊も激しくスパークし電撃を撒《ま》き散《ち》らす。

カスミはそれら全てをその身で受けつつ、落下しながら迫る。

「こっちは大丈夫ー！」

背後から聞こえるのはメイプルの声。攻撃を引き受けても問題がないなら、気にすることは何もない。

「【武者の腕】【血刀】」

目の前のワイバーンを呼び出した二本の腕に攻撃させつつ、モンスター全員を巻き込むように液状の刀を振り回す。

「ネクロ、【死の重み】だ！」

クロムは移動速度を低下させカスミの攻撃をサポートする。

「【一ノ太刀《たち》・陽炎《かげろう》】」

落下し始めたところでスキルによる再上昇。しかもこのスキルは確実に敵の正面に飛べるおまけ付きだ。

スキルによって成り立つ空中移動も随分慣れたもの。カスミは【三ノ太刀・孤月】も利用し、複数回空を飛び回ると、耐久力の低い電塊をまず撃破して、残ったワイバーンの背に着地する。

「【四ノ太刀・旋風】！」

【武者の腕】と共に繰り出した連撃が完璧《かんぺき》にヒットしてワイバーンは力なく崩れ落ちる。消滅するより先に、その体を足場にしてカスミは飛び退き、石柱の一つに着地した。

「ふぅ、こんなところか」

「ナイスー。結構あっさりだったね」

「その分落ちた時は相当まずいことになるのだろう。気をつけていよう」

「そうだね」

前に出ていた二人の方へメイプル達も合流する。ここの最大の脅威は戦場そのもの。落ち着いて、足元を確かめつつ戦えばモンスター自体はそう恐ろしいものではない。

「気をつけて進んでいこー！」

目の前にまだまだ続く石柱の足場を見つつ、メイプルは全員に声をかけて氷の橋を渡るのだった。


その後サリーに続いてイズも取り出した板を使って橋をかけたことで、足元はかなり安定した。お陰でマイとユイも落ち着いて鉄球での攻撃をすることができ、石柱エリアを突破する。

工夫しながら道中を攻略した八人の前に遂に現れたのは装飾がなされた大きな扉。

それはボス部屋の証。十層に辿《たど》り着《つ》く道に立ちはだかる最後の難敵。

「とりあえずバフかけはするか？」

「そうね。もし消されちゃうようならそれはそれで仕方ないわ」

「「よろしくお願いします！」」

アイテムならばまた用意できる。勝つことを目標としているなら、万全の準備を整えて入るべきだ。

道中使った【身捧ぐ慈愛】はそのまま展開しておいて、マイとユイにバフを乗せる。【楓《かえで》の木】の必勝パターンの一つの一撃必殺。

メイプル達は準備を済ませてボス撃破のために中へと入った。

◆□◆□◆□◆□◆

ボス部屋の中はちょうど中央で二つに分かれているようだった。物理的にではなくコンセプトがだが。

左側には流れる小川と豊かな緑。氷の壁が障害物としていくつか並んでいる。右側には荒れた地面と噴き出る溶岩。いくつかの浮かぶ黄色い結晶を結ぶように定期的に電撃が駆け抜ける。

そんな部屋の最奥。背中合わせになる二つの人影があった。

一人は青い宝石がいくつもついた長杖《ながつえ》を持ち、豪華な装飾のなされた白基調のローブに身を包む魔法使い風の細身の男。

もう一人は竜の頭部と鱗《うろこ》に覆われた手足、大きな翼を持ちながら、鎧《よろい》に身を包みその手に背丈ほどのサイズの雷散る大剣を持つ二メートル越えの大男だ。

メイプル達がもう一歩中へと踏み込むと、背中合わせだった二人が向きを変えてこちらに武器を向ける。

地面から噴き上がった水とマグマ。目の前の状況は一変する。

崩壊する戦場。滝のように流れ落ちる水とマグマが遥《はる》か底へと落ちてゆき、道中同様いくつもの石柱によって構成された戦場が姿を現す。

いくつかの足場は氷と水、マグマと雷によって覆われており何も被害を受けずには使えないだろう。

予定を狂わされた【楓の木】に、魔法使い風の男は杖を向ける。

展開された五つの青い魔法陣。予測される事象に、サリーはメイプルの方を見た。

「【天王の玉座】！」

その場に設置された純白の玉座。

青い魔法陣から放たれるのは竜巻のような激流。触れようものなら奈落《ならく》の底《そこ》へ。

素早く回避したサリーとカスミ、盾で防いで無効化したクロム。しかし、全員は避けきれない。

「……っ！　だっ、大丈夫っ！」

轟音《ごうおん》にかき消されないよう、メイプルが声を張り上げる。

重なるノックバックを受けて、まともに行動はできないが【天王の玉座】が壁になって後方に吹き飛ぶことはない。

立ちあがろうものなら石柱から滑り落ちて戻っては来られないだろう。

「動けないなら……【古代兵器】！」

ガシャンと音を立ててキューブが拡散し変形合体して巨大な筒の形状になる。

誰かに当たった分全てがメイプルへと集約し、【古代兵器】展開のためのエネルギーを凄《すさ》まじい勢いで供給する。もはや玉座上から移動することができなくなったメイプルにできることは固定砲台になることだけだ。

五つの水流に向けて青い光線が放たれる。狙いはこの水流の元凶。しかし命中する直前、巨大な白い魔法陣が前に広がり、同サイズの氷の壁となって光線を防ぎきる。

「メイプルはそのまま撃ってて！　全部の攻撃には使えないだろうから！」

「うんっ！」

とはいえ。サリーは考える。メイプルの攻撃が決定打とならない以上、他の七人で崩すしかない。

しかし、地形と水流は厄介だ。【身捧《ささ》ぐ慈愛】は広範囲をカバーしているがそれでも魔法使いの元までは届かない。

それはマイとユイを直接届けることが難しいということでもある。

どうしたものかと頭を悩ませていると、状況は勝手に動き出した。

竜戦士が続いて空へ飛び上がり自ら接近してきたのだ。明らかな近接戦闘タイプ。自由に動けるスペースに違いはあり、こちらが有利なポジションは取れないが、近づいてきてくれるならその方がずっといい。

「こっちから落とします！」

「オーケー！」

「足場を整えるわ！」

イズは鉄板を取り出すとそれをそのまま倒して石柱をつなげる。

そこに降り注ぐ炎のブレス。しかしイズ本人はメイプルによって、鉄板は質にこだわって高めておいた耐久値によって、それぞれ問題なくやり過ごす。

「僕とクロムで速度を落とすよ」

「私とサリーで動きを制限しよう」

「「分かりました！」」

「ならまずは動きやすくしておくか……【挑発】！」

クロムはマイとユイに向かおうとしていた竜戦士の注意を引くと、急降下を経て振り下ろされる大剣を正面から受け止める。

「ぐっ……！」

潰《つぶ》されそうになるような重い一撃。特殊な大剣は盾でのガードだけでは止めきれない。電撃が弾け、かわりにメイプルにスタンが入る。

それは【古代兵器】による攻撃が止まることを意味していた。

天井全域に広がる赤と白二色の魔法陣。まずいことが起こると思った矢先、生成された大量の氷柱とマグマが降り注ぐ。

「俺が防ぐ、ボスを頼む！【守護者】【精霊の光】！」

大盾使いは二人いる。メイプルの【身捧ぐ慈愛】の上からさらに重ねがけすることで自分に攻撃を引っ張ってダメージ無効で広範囲攻撃を凌《しの》ぎ切る。

そうして稼いだ時間でメイプルは、スタンから回復し再び魔法使いとの撃ち合いに、イズはカナデと協力して足場を整える。

そんな中飛び出したのはカスミとサリーだ。

「右から行く」

「私は左から回ろう」

安全な足場を飛び移って、竜戦士の下までやってくるとまずはカスミが飛びかかる。

懐に飛び込まれては対応しないわけにもいかない。ボスがカスミに向いた瞬間サリーは生成した氷の柱に糸を伸ばして背後に飛んだ。

「【鉄砲水】！」

陣形破壊、足場生成、時には脱出にも。サリーの手に馴染《なじ》んだスキルが水を生み出し、竜戦士を押し流す。

それでも自由になったタイミングで再度飛びあがろうとしたところに紫の霧が溢《あふ》れる。

「ネクロ、【死の重み】」

「【スロウフィールド】」

「今よ！」

クロム、カナデ、イズ。三人によるデバフが竜戦士の移動速度を削り取る。

それは事前にポジショニングを済ませていたマイとユイが攻撃に移れるだけの時間を作った。

「「【決戦仕様《デストロイモード》】【ダブルストライク】！」」

竜戦士の大剣が可愛く見えるほど、あまりにも重い攻撃。【鉄砲水】に吹き飛ばされた体をそのまま逆方向へ撃ち返す。

派手な音を立てて竜戦士が魔法使いの後ろの壁まで吹き飛んで叩《たた》きつけられ、ＨＰバーが消し飛んだのを見て、これは決まったと確信する。

しかし、次の瞬間吹き飛ばした先の壁で輝きを放ったのは白い魔法陣。その輝きは竜戦士のＨＰ

を半分まで回復させた。

「「ええっ⁉」」

「魔法使いが蘇生《そせい》持ち……いや」

「同時撃破が必要なタイプかもしれないですね」

「可能性はある。しかし……」

一体なら安全に倒せる。しかし、今の陣形のままでは二体同時に撃破はできない。

魔法使いまでの距離が遠すぎる。しかも、マイとユイは火力の調整などという器用なことはできない。戦闘に参加すれば一撃。同時撃破するためには二人をばらけさせる必要がある。

そのためにはメイプルの【身捧ぐ慈愛】の範囲が問題になり、つまりリスクを取らなければ作戦実行は困難というわけだ。

「こりゃ数人で奥へ行くしかないか？」

「そうするしかないですね。ただ誰を……」

マイかユイのどちらか一人。メイプルとクロムを分ける必要がある。足場の生成とセットアップのための人員。

それらを両側に確保しようとすると編成の自由はほとんどない。

さらには安定感も著しく落ちるだろう。一度で上手く成功させなければ、そのまま分断されて合流も難しくなる。

仕方なくリスクを取るならもっと確実に勝てる方が好ましい。

「サリー！　どーするー⁉」

「メイプル、何か案ある？」

「えっ、私⁉」

ここで自分に振られるとは思ってもみなかったメイプルは目を丸くする。

サリーが振ったのには理由があった。【身捧ぐ慈愛】を中心に戦略を立てている以上、メイプルの意思が重要になる。

「何もないなら、全員で避けてその隙に進むしかないかな」

ノックバックを発生させているのはあの水流だ。何らかの方法で全員が直撃を避けられればメイプルも動き出せる。

とはいえ、時間と手間は相当かかってしまうだろう。

「……できることあるかも！」

何かを思いついたという風なメイプル。

「なるほど？　なら作戦会議の邪魔にならないようこっちで引きつけとくぞ！」

クロムが竜戦士を引きつける内に、サリー達は素早くメイプルの策を把握。リスクとリターンを考慮した上で、やる価値があるという結論を下す。

そうと決まれば早速準備だ。カスミは手短にクロムに作戦を共有すると、苦笑い気味にクロムもそれを了承する。

綺麗《きれい》に両方を一撃で倒すためには、マイとユイが分かれる必要がある。

メイプルは両方は守れない。ここはクロムの出番だ。

「【結晶化】！」

【発毛】により毛玉になったメイプルの表面を、結晶が覆っていく。

「うん。タイミングは大丈夫そう」

「っし、ならそろそろ寄せるぞ！」

決行の時が迫る。体積が増加したメイプルは玉座で何とか引っかかっている状態だ。

「そろそろ！　マイ！」

「……行きます！」

「おっけー！」

「フェイ【アイテム強化】！」

「【大規模魔法障壁】！」

サリーがタイミングを見計らいマイは大槌《おおつち》を振りかぶる。それと同時にイズがアイテムの効果を高め周りの足場にバリケードを立て、カナデが障壁を展開する。それはほんの一瞬激流を止めて、メイプルをノックバックの連打から助け出した。

玉座から転がり出た結晶化したメイプルボール。振りかぶったマイの大槌はそれを真芯《まっしん》で捉《とら》えて真っ直ぐに飛ばした。

無理矢理な急接近。しかしこのままでは水流に跳ね返される。

そこでメイプルはこの状況でこそ使える唯一の対抗策を使う。

「【ヘビーボディ】！」

ノックバック無効。メイプルのステータスでは移動不能に陥るスキルだが、飛ばされている途中なら問題ない。もう着弾までは確約されている。

そんなメイプルを止めるため氷の壁が出現する。メイプルボールは鉄球ではない。マイに撃ってもらってもダメージは見込めない。

しかし、壁に直撃する直前。結晶化は解けた。

「流石サリー！」

完璧《かんぺき》な時間計算。羊毛の内部で赤い光が大きくなっていく。もう、邪魔をする結晶はない。

直後、轟音。メイプルボールにたっぷりと詰まった爆薬がメイプルごと氷の壁を巻き込んで大爆発を起こす。

「「【挑発】！」」

それを合図にして、メイプルとクロムがそれぞれのボスの注意を引く。クロムに突撃する竜戦士、その背後には空中へ伸びる氷の道。

マイはボスの裏を取った。

「後はお願い！」

近くの足場に転げ出たメイプル。メイプルの仕事は氷の壁の爆破まで。ダメージを出せるスキルはあれど、マイには遠く及ばない。メイプルでは同時撃破は成し得ない。

メイプルボールの中に入っていたのは爆薬だけではない。マイよりも思い切りよく、無茶な作戦が実行できるもう一人のアタッカー。

壊れた氷の壁を抜けて滑り込んだ魔法使いのすぐ隣。大槌を振りかぶるのはユイだった。

「【ダブルストライク】！」

距離が離れていても完璧に息の合ったタイミングで振り抜かれた大槌は、二体のボスをそれぞれ壁まで吹き飛ばした。

舞う砂煙。弾ける炎と水。パリィンと高い音を立てて二人のボスが消滅していくのを見て、作戦の成功に全員がよしっと笑顔を見せるのだった。

ボスの撃破と同時にまともに歩けないような状態になっていたフィールドも元に戻り、サリー達は飛んでいったメイプルとユイに合流する。

「ナイスー。上手くいったね」

「うんっ！　よかったー」

「やっぱ二人の攻撃力は偉大だな。今回は王の時みたいなダメージ上限もバリアもなかったし」

「やはりあれが特別だったのだろう。それでも気を付けておく必要はあると思うが」

今回は先に竜戦士にダメージを与えられたことでいけるという判断になった。もし魔法使いが一定以上のダメージを一度に受けないような能力持ちだった場合、今回の作戦は上手くいかなかっただろう。

今回は無事勝利できたが、これからもマイとユイが一撃で倒せないケースについて、頭の隅に入れておく必要はある。

「じゃあ楽しみにしていた十層に行ってみようか。ほら、奥に道ができてるよ」

「どんな感じかしらね。相当広いみたいだけれど」

「「楽しみです！」」

「じゃあ皆、行こー！」

メイプルを先頭に、八人は十層へと続く階段を上っていく。しばらく上った先で奥から明るい光が差し込んでいるのが見えた。

いよいよ十層だ。

期待に胸を膨らませながらメイプル達は、十層のフィールドへと一歩を踏み出した。

# 五章　防御特化と分裂。

目の前が一気に開け、メイプル達は小高い丘の上に立っていた。そうして辺りを見渡すと、十層の景色が飛び込んでくる。まず目に入ってくるのは正面に聳《そび》える雲を貫く険しい山。そしてその周りにいくつかの『見覚えのある』風景。

「あれ、三層の機械か？」

「あの桜は四層だな。よくよく見れば和風の塔も見える」

「五層は上かな？　あの辺りの雲の塊がそうみたいに見えるけど……どうだろうね？」

これまでの各層の総まとめ。

この様子なら、他の層もきちんと存在するだろう。メイプル達が今いるのは自然に溢《あふ》れたベーシックなファンタジー世界らしいエリア。

すなわち一層の風景の中だ。

「何だか懐かしい感じだね、サリー」

「うん。もう随分経ったから。心機一転、攻略していこうよ。待っているボスのところまで」

「もちろん！」

メイプル達が話しているとメッセージが届く。送り主は運営陣。内容は十層の主目的と簡単な進め方の指針だった。

「えーとなになに……」

メイプルが内容に目を通す。

十層では魔王と呼ばれる存在が人々を脅かしている。いくつもの町を回って、多くのクエストをこなし、魔王の居場所を突き止め、撃破することが最終目標となる。

「ふんふんなるほど」

各層モチーフのエリアごとに一際大きい町が一つあり、どこを拠点にしても問題ない。クエストルートも多岐に渡るため自由な攻略が可能、とのことだった。

「隠しアイテムやスキルもこれまでの層より多く配置されているから探してみるように……おおー！」

「もっと増やした⁉　すげえな。わざわざ書いてあるなら嘘ってこともないだろうし」

「十一層が恐ろしくなるような大盤振る舞いだな」

プレイヤーが強くなるなら敵もある程度強くなることが予想される。できるだけイベントには出会っておきたいものだ。

「見つからないのがどれだけあるかだよねえ」

「でもたくさんあれば一つくらいには遭遇できるんじゃないかしら」

「楽しみです！」

「探索もボスも……レアなイベントも！」

「とりあえず、一層エリア……でいいのかな？　そこのギルドホームまで行こうよ」

「さんせーい！　まずは休憩だね。ダンジョンも大変だったし！」

「そういうこと」

メイプル達はマップを見つつ近くにある大きな町へと歩を進めるのだった。


メイプル達はしばらく歩いて、最も近くにあった町へとやってきた。

外観にはこれといって特別なところはない。目の前には石材によって綺麗に舗装された道。NPCの営む店が道を挟んで両側にいくつもあり、奥には各ギルドホームが立ち並ぶ。建物の作りもよくファンタジー世界で見るような西洋風のものだ。

町の中の作りやNPCの雰囲気も特別目立つようなものはなく、だからこそメイプル達はここがかつて攻略したベーシックな一層。つまりは全てのプレイヤーの始まりの場所に近いものとなっていることを感じ取った。


そう、ここからまた始まるのだ。

「とりあえずまず、ギルドホームを目指します！」

メイプルが方針を伝えてマップを見つつ先頭を歩く。かつて見たような町並みといえど気になることはいくらでもある。一層と十層では売られているものは当然違ってくるだろうし、そこにいるＮＰＣも異なる。用意されているクエストももちろん違う。

各層の要素が盛り込まれているといっても、同じものばかりというわけではない。

隠しエリアなどは特にそうだろう。

早く探索に出たい気持ちを抑えて、メイプル達は早足でギルドホームへと向かった。

ギルドホームに到着したメイプル達は早速今後の方針について話し合う。

「この後はどうしよっか？」

「ここを拠点にして探索するか……他のギルドホームも開放して回るかかなあ」

広大な十層。各層モチーフのエリアごとに大きな町があり、そこにもギルドホームはあるようだ。

各ギルドホームには転移の魔法陣で移動可能になっており、町から町へと場所を切り替えての探索がしやすい作りだ。

「全部開放した方がいい感じはするな。十層はどの町からでもイベントが進んでいくらしいしな」

「そうなると手分けした方がいいですかね」

「そうね。まずはそこからかしら」

探索するにもまず下地を整えてから。メイプル達はギルドホームの開放を第一目標として、さて次はどうするとなった時、クロムが切り出した。

「でだ。先に俺達から一つ提案……ってほどでもないんだが、ちょっと考えてることがあってな」

「「……？」」

心当たりがないのはメイプルとサリーだけのようで、何だ何だと続く言葉を待つ。

「十層とその後のイベントが終わったらしばらくログインが難しいって話だろ？　それなら、二人が自由に攻略するのを手助けしたいと思ってな」

「ふふ、思い出を残すならいつだって楽しい方がいいよね」

レベル上げ、クエスト、ダンジョン攻略。

必要なら手を貸すし、優先する。

クロム達からの申し出はそういったものだった。

「イベントでも普段のレベル上げでもたくさん助けてもらったもの」

「恩返し……というほど畏《かしこ》まったものではないが、サポートしたいと思っている」

「手強いモンスターなら私達が！」

「役に立ってみせます……！」

いつだってゲームは楽しい方がいい。もちろんできることなら、離れるその時も。

「ありがとうございます！　でも……今までもずっと助けてもらってたような……」

「はは、お互い様ってやつか。まあ、改めての決意表明みたいなもんだ」

「分かりました。嬉《うれ》しいです」

メイプルとサリーもその申し出をありがたく受け入れる。元々隅まで楽しむためには皆の協力が不可欠だ。繰り返すことになるが、それほど十層は広い。

とはいえ、大目標は変わらない。この十層に潜む最強のボス。魔王と呼ばれる存在の撃破。本来ならそのために駆け回ってクエスト探しや情報収集をする必要があるだろうが、そこはクロム達が積極的にやってくれるとのことだ。

「とはいったものの……メイプルの方がちゃっかり重要なヒントを見つけたりしてな」

「んー、ありそうだなあ」

「ふふ、これまでのことを考えるとね」

「不思議ではないな」

「「メイプルさんすごいですから……」」

「そ、そんなにうまくいくかなあ」

「……いきそうかも？」

「もー、サリーまでー！」

「ふふ、ごめんごめん。で、メイプルはどうしたい？」

全力でサポートしてもらえると言われた上で、目の前には広大なフィールドとまだ見ぬいくつものクエストにダンジョン。遊び方も行く先もよりどりみどりだ。

「……じゃあさサリー、皆もそう言ってくれたし、せっかくだから全部一緒に見て回ろうよ！」

「ははっ……うん。選んでいただき光栄です。メイプルさんの盾となり剣となりどこへでも」

「あはは、何それー！　もー、よろしくね！」

「うん。任せて」

好きに楽しめばいい。肩の力は抜いて、頼れる仲間をたくさん頼って。こうしてメイプルとサリーの十層探索の幕が開く。


大事な話が終わったなら、湿っぽいのはなしにして早速探索開始だ。

「俺は六層エリアの方に向かう。メイプル達は探索しづらいだろうしな」

「ふふ、メイプル達……というかサリーがね」

「助かります……」

「私は四層エリアの方へ向かおう。個人的に興味もあるしちょうどいい」

「僕らはどうする？」

「そうねーちょっと途中の戦闘も考えると……」

「ツキミとユキミに乗って行きますか？」

「私達も守ってもらえるとやりやすいです」

「ならそうしよう。とりあえず近くの三層エリアのほうかな。飛行機械みたいなものがあったら移動も楽になるし」

クロムが六層、カスミが四層、カナデ達が四人で近場の三層から順に巡ることにして、ここで一《いっ》旦《たん》別行動となる。

「こっちこそ、何かあったら呼んでください！　飛んでいきますっ！」

「文字通りな。オーケー、困ったら呼ぶことにする。実際俺なんかは少し攻撃力不足でもあるしな」

探索が順調に行くことを祈って、メイプルとサリーは六人を送り出すのだった。

「全力でサポートしてくれるって、ちょっと緊張しちゃうね」

「気楽に気楽に。メイプルも言ってたみたいに実はいつもとそんなに変わらないから」

「うんっ！」

「じゃあまずどこから行く？」

「どこからっていっても迷っちゃうなあ」

「あはは、広いからねえ」

真っ先にフィールドに駆け出す。そんな選択肢もあるが、考えた末に今回はまず町の中を回ることとした。

「クエスト探しからにしようかなって！」

「いいんじゃない？　闇雲にフィールドへ出るより収穫もありそうだし」

メイプルとサリーはギルドホームを出るとそのままぶらぶらと町を歩いてみる。

「ファンタジー世界の町並みって感じだね。目立つ建物は……」

「ねえねえ、奥にあるあれとかどう？」

メイプルが指差したのは、ちょうど大通りの最奥に位置しており、槍《やり》を装備して鎧《よろい》を着込んだNPC二人が門の両側に立っている二階建ての建物だ。大きな煙突からは煙が空へと伸びており、民家と言えるような家が並ぶこの町において、それは何か他の機能を持っているように見えるものだった。

「行ってみようか」

「うん！」

二人は建物の前まで来ると門番らしきNPCをちらっと見て、特に止められないことを確認すると中へと入った。

建物の中では何人かのNPCが歩き回っており、何やら細かな文字や地図の書かれた紙束を持っていき、奥にある大きなテーブルの方で話し合いをしているようだった。

二人が近づいていくと、それに反応して話の中心となっていた男が二人の方を向く。

外にいた門番よりもしっかりとした重鎧。奥には大きな盾と剣も立てかけられており、それも見るからに強力そうだ。NPCも十層相当ということだろう。

「ああ、すまない。ちょうど魔王の手先の侵攻について話していたところだったんだ。ここのところ魔物は活発になるばかりでね。何か用だろうか？」

そう言い終わると男の上にクエストのマークが表示される。

「メイプル、クエスト受けられるみたいだよ」

「ほんとだ！」

「いいね。早速当たりだったみたい」

「えっと内容は……」

クエストはどうやら一つではないらしい。開放されているものがいくつか、未開放のものもいくつかあり、それぞれ開放条件も書かれていた。

「ふんふん、他の町のクエストをクリアしてないとダメなのもあるんだね」

「どこからでも進められるらしいし。別の町のを進めたら、ここでは初めの方のクエストをスキップできたりするのかも」

「なるほど」

とりあえず二人はまだ他の町へ行く予定はないため、今受けられるクエストを受けてみることにした。

「じゃあ……んー、これにしよっかな」

「いいよ。じゃあ受けてみよう」

二人がクエストを受けると、男が再び話し始める。

「力を貸してくれるのか！　それは助かる。人手が足りていなくてね。とはいえ……奴らは強力だ。君達の実力を示してもらいたい」

より難しい依頼はその後とのことだ。つまるところ、クエストクリアで次のクエストが開放されるというわけだ。

「頑張ります！」

「簡単な方の依頼でも九層より難しくてもおかしくないから、気を引き締めていこう」

「そうだよね。よーししっかりクリアしよう！」

「うん。その調子」

二人はクエストを受けると行き先を確認して建物から出ていった。

---

650名前：名無しの魔法使い
十層広すぎる

651名前：名無しの槍使い

広すぎる～

652名前：名無しの弓使い
やることが多いねえ

653名前：名無しの槍使い
最初の攻略先としておすすめの町とかある？

654名前：名無しの魔法使い
まだ回りきってない
でも八層モチーフのとこじゃないのは確か

655名前：名無しの弓使い
探索の度に潜るのは手間がね……
まあまだ行ってないから実はそんなことないのかも

656名前：名無しの大剣使い

敵が強い
なんか強くなってない？

６５７名前：名無しの大盾使い
節目ってことなんだろう

６５８名前：名無しの槍使い
ただあっちこっちにいろんな移動手段があるのは助かる
皆が皆騎乗できるテイムモンスターを連れているわけではないので

６５９名前：名無しの魔法使い
今回は馬だけじゃなくてドラゴンにも乗れるぞ
借り物だし高いけど

６６０名前：名無しの弓使い
誰でも空飛べるのは大きい
速いし

661名前：名無しの大剣使い
それ込みでも探索に果てがない感じだ
クエストたっぷりイベントたっぷり隠しエリアたっぷり

662名前：名無しの魔法使い
増やしたって言ってたけど
ほんとー？

663名前：名無しの槍使い
見つからない隠しエリアはないのと同じ
現状俺のＮＷＯには隠しエリア未実装だ

664名前：名無しの弓使い
フィールド広がってるからレアイベントに出会う確率は実はそこまで高くなってないかもです

665名前：名無しの大剣使い

でも増えたって聞くと期待するだろ！
俺も何か掘り当てたい

666名前：名無しの大盾使い
これぱっかりは運と勘のよさによるからなあ
順当に高難度なだけのクエストですごいスキルっていうのもあるが……

667名前：名無しの槍使い
これまでのエリアの特徴が混ざり合ったりしてるとこもあるせいでどこもかしこも隠しエリアっぽい雰囲気出てて心がざわつく

668名前：名無しの魔法使い
イベントまでに強くなっておかねば

669名前：名無しの大剣使い
自分の運を信じて足を動かすしかねえ

670名前：名無しの槍使い
あとそうだアイテムは基本生産職に頼ってる皆もショップは見ておいた方がいいぞ
いくつか強そうなものもあった

671名前：名無しの弓使い
おっと確かに

672名前：名無しの魔法使い
フィールドばっかみてても駄目だなあ
ちゃんと町も大量にあるしその分店もあるわけで

673名前：名無しの大盾使い
それでいうとフィールドでアイテム持って移動してる商人のNPCなんかもいたぞ

674名前：名無しの魔法使い
探索要素が多い〜！

675名前：名無しの槍使い
そのうち一つがレアイベに繋《つな》がっててもおかしくない

676名前：名無しの魔法使い
多い～！
けどたのし～！

677名前：名無しの大剣使い
分かる～

---

これが嬉《うれ》しい悲鳴というものなのだろう。探索先がなくなるのがまだまだ先のことになるのは間違いなかった。

◆□◆□◆□◆□◆

メイプルとサリーは依頼を受けてフィールドへ向かって歩いていく。

と、その途中。町の中から鎧《よろい》をつけたドラゴンが一体、プレイヤーを乗せて飛び立つのが目に映った。

「テイムモンスター？」

「……じゃなさそうな気が。ちょっと見ていく？」

「うん！」

二人はフィールドへと出る前に一旦《いったん》ドラゴンが飛び立った辺りまで向かう。

するとそこには同じように鎧をつけたドラゴンや、以前も頼もしかった馬など、何種類かの動物やモンスターの姿があった。

「……今回は借りる形式みたい。ドラゴンなんかはちょっと高いけどね」

「乗るのに制限とかは……」

「残念ながら一部ステータスがちょっと必要みたい。十層まで来てたら普通はそんなに苦しい数値じゃないんだけど……」

極振りでここまでやってきたメイプルには厳しい、というより無理な要求値だ。

「ふふ、でも二人乗りができます」

「おおー！」

「乗ってみたいなら私が前で。ステータスは問題ないからどれでもいけるよ」

「シロップはお休みかなあ」

【念力《サイコキネシス》】によって空を飛んでいるシロップは移動速度はかなり遅い部類だ。十層の探索にはこの速度では物足りない。

「あくまで非戦闘時の移動の手助けみたいだから、シロップにはモンスターと戦う時に頑張ってもらおう」

「分かった！　じゃあ馬は前に乗ったし、ドラゴンにしよ！」

「オーケー！　空も飛べるし探索もしやすいはず。それに、元々これが気になってきたんだしね」

「うんうん！」

決して安くはないものの、ここまでもちゃんと探索を続けてきた二人はお金も十分貯められている。

小型のドラゴンの背に二人で乗り込むと、サリーの合図で一気に空へと舞い上がった。

「はやーい！」

「これまでで一番かもね！　落ちないでよ？　拾いにはいくけど」

「はーい！」

メイプルなら落ちても問題はないがちょうど下に人がいたりすれば事だ。

気をつけてしっかりと掴《つか》まるメイプルを連れて、サリーは目的地へとドラゴンを向かわせた。


しばらく空を飛んだ二人は目的地付近まで来ると高度を下げてゆっくり着地した。

「しばらくの間は呼んだら飛んできてくれるみたいだから、安全なところで待っていてもらえばオッケー」

「それなら戦うことになっても安心だね」

ドラゴンには待っていてもらい、二人はクエストで指定された先へと向かう。

そこは幾度目かの攻略となるゴブリン達の巣穴。奥へ奥へと続く暗がりの向こうにモンスターが待ち受けているのだ。目的は一定数のモンスターの撃破。つまり魔王の手先とされるモンスター達を倒し、安全を確保するといった内容のベーシックなクエストとなる。

「入っていくしかなさそうだね」

「じゃあ私が前で！」

モンスターを倒すには敵の本拠地に踏み入るしかない。メイプルは大盾を構えるとサリーを守るように前に立って奥へと歩き始める。

すると早速奥にゴブリン数体が見えた。

「よーし」

「……メイプル！」

「うわっ⁉」

サリーが突然メイプルを掴んでぐっと引き戻すと、目の前を壁から突き出た鋭い槍《やり》が横切る。それは僅《わず》かにメイプルを掠《かす》めてダメージエフェクトを散らせた。

それを見たゴブリンは、上手くいったと言わんばかりに笑い声を上げて奥へと消えていってしまう。

「罠《わな》を張ってるみたいだね」

「いたた……ありがとうサリー」

「ダメージはそんなに高くないけど……貫通か」

ただのトラップでメイプルの防御力以上の威力というのは考えにくい。それはあらゆるプレイヤーを一撃で葬るものとなってしまうからだ。

「もし当たっても回復を挟めば大丈夫だと思う。ただ、トラップがどれくらい連続で発動するかは読めないから」

四方八方から防御貫通の矢が飛んできて、反応できずに倒されるというケースもないとは言い切れない。

警戒して進むしかないとメイプルに床や壁を確認するよう伝えるサリーだが、少し考え事をしていたメイプルからは別の作戦が返ってきた。

「こういうのってできるかなあ？」

「ん？　どんなのか聞かせて」

メイプルが思いついた作戦をそのまま話すと、サリーは何度か頷《うなず》きながらたった今聞いた作戦について考える。

「悪くないと思う。こっちにリスクもないし、やってみよっか！」

「やった！」

「じゃあ早速準備しよう」

「はーい！」

メイプルはサリーの前に立つと、どこにトラップがあるか分からない巣穴の奥、少し下っていく薄暗い闇の方へと短刀の切先を向けた。

「【毒竜《ヒドラ》】！」

噴き出したのは大量の毒液。びちゃびちゃと音を立てて紫の液体が巣穴内を汚染していく。

メイプルはこれでよしといったふうにうんうんと頷くと、目の前にインベントリから取り出した爆弾をこれでもかと並べていく。

イズ特製の時限爆弾は時間がくれば勝手に爆ぜる。もちろん威力も十分な一級品だ。

「おっけー！」

「【鉄砲水】！」

メイプルの合図でサリーが呼び出した大量の水は致死毒と共に危険物を巣穴の奥へと押し流す。

「【毒竜《ヒドラ》】！」

「【水の道】！」

メイプルが毒を用意し、サリーがそれを押し流す。巣穴の出口は入り口と同じ。二人が入ってきたこの一箇所のみ。

悲鳴こそ上がらないが、勢いよく毒水の流れる音と爆発による地響きが奥の状況を伝えてくる。

「あ！　クエスト達成度上がってるよ！」

「上手くいってるみたいだね」

どこかでゴブリンが息絶えた。毒殺か、溺殺か、はたまた爆殺か。巣穴の空間全てを水で希釈した致死毒に沈める勢いで、二人は動かずして巣穴を制圧するのだった。


そうして、巣穴が八層のダンジョンかと錯覚してしまうような状態になった頃。

「あ！」

「おおー」

「やったー！　クリア！」

「無事……？　うん、無事勝てたね」

奥は凄《すさ》まじいことになっているがもう踏み入らないため問題はない。少しすれば水も毒も効果時間切れで消滅するだろう。

「楽できたしこのまま次も行っちゃおうか。ちょうどメイプルと相性が良さそうな相手だし」

「ってことはアレだね！」

「そそ、あのクエスト」

クエストはまだまだ残っている。サクサククリアして、目指すは十層のラスボスとなる魔王の元だ。特段動くことなくモンスターを滅殺した今の二人なら疲れもない。次もベストなコンディションで戦いに臨めるだろう。

「またちょっと距離あるからドラゴンで飛んでいこう」

「おっけー！」

サリーはメイプルを後ろに乗せてドラゴンを再び空へと舞い上がらせる。

「この調子でもう一つくらいいけたらベストかな」

「ふふふ、任せてー」

「頼りにしてるよ」

広いフィールドもしばらく飛んでいけば目的地まで辿《たど》り着《つ》ける。移動速度に優れ空を行くが故にモンスターの多くを無視できる。ドラゴン様様である。

そんな二人が次に降り立ったのは、辺り一帯の木々や草花が枯れ、荒れ果ててしまったエリアだった。

「とうちゃーく！」

「さてと、クエスト名からしてメイプル有利だとは思うんだけど……」

二人がこのクエストを選んだ理由。それはクエスト名が『毒の源を絶て！』という何とも分かりやすいものだったからだ。

毒とくればメイプル。メイプルとくれば毒だ。多くの武器を手にして戦法も多彩になったが、今でもお世話になっている。つい先程も見事にゴブリンを巣穴ごと撃滅した毒だが、使うだけでなくちゃんと耐性も持っているのがメイプルだ。毒は対策されると弱いもの。ここはメイプルの【毒無効】と【身捧《ささ》ぐ慈愛】のコンボで封殺しようというわけだ。

そんな二人の目の前で地面にあちこちできた亀裂から紫色のもやが噴き上がる。

「毒っぽいよね」

「先に【身捧ぐ慈愛】使っておいてくれる？」

「おっけー！　【身捧ぐ慈愛】！」

メイプルの背中から羽が生えて、全ての攻撃を引き受ける防御フィールドが展開される。

いかにサリーといえど毒の霧で隙間なく攻撃されれば、いくつかある強力なスキルのどれかを使って対処するしかない。

敵の攻撃の範囲が分からない以上、避け切れるという前提で動くのは危険だ。サリーならそれでもやってのけそうではあるが、こういった時に無理をしないことが、ここまでノーダメージを続けてきた理由の一つなのは間違いない。ここは予定通り、無理をせずメイプルの力を頼るのがベストだ。

「早めにチェックしておこう」

「そうだね」

メイプルはとことこと亀裂の近くまで歩いていくと、紫のもやが出てくるのをじっと待つ。少しして噴き出した紫のもやを全身に浴びてその効果を確かめると、メイプルは後ろで見ていたサリーの方をくるっと振り返る。

「大丈夫みたい！」

「ん。なら気をつけるのはモンスターの方だね」

「任せたまえー」

二人は、安全だと確認が取れたもやの中へずんずん踏み込んでいく。

奥へ行けば行くほど亀裂の数も増えていき、ほぼ隙間なく辺りに漂うもやは視界をも奪う。メイプルのお陰でこれ自体は邪魔なだけで済んでいるが、毒が効くプレイヤーではまともに歩くことも難しいだろう。

「すごーい……紫色の霧の中みたい」

「これは流石に避けきれないかな。使っておいてもらって正解だったね」

そうして悠々と進む二人の前に、遂にモンスターが現れる。

ずるずると体を引きずって、二人を囲むように四匹で近づいてきたのはもやと同じ紫の鱗《うろこ》を持つ蛇だ。ハク程の常識はずれな巨体ではないが、数メートルはある体はメイプルとサリーに巻きついても余りが出るくらいには長く、二人の胴体ほどの太さを持っている。

拘束されれば抜け出すのは難しい。一見してそんな印象を受けた二人は言葉を交わすより早くさっと背中合わせになって死角を潰《つぶ》した。

これまで積み上げてきた幾度もの戦闘で染みついた動き、素早く戦闘態勢を整えた二人に紫の大蛇が一気に飛びかかる。

たとえ当たってもメイプルが庇《かば》ってくれる。それを分かった上で、サリーは正確に蛇の攻撃を見切る。

「【氷柱】！」

自分によってメイプルがリスクを背負うことはそう簡単には許さない。

氷の柱で一匹の蛇を打ち上げると、武器を大槌《おおつち》に変形させて別の蛇の頭を捉《とら》えて弾き返す。

サリーが二匹の蛇を完璧《かんぺき》に対処するその後ろでメイプルは大盾をぶんと振って、目の前にいた蛇を一瞬のうちに消し飛ばす。

サリーの攻撃とは訳が違う、今なお変わらない【悪食】による問答無用の一撃。

細かな対応も難しい動作も必要ない。当てれば終わり。その何と単純明快なことか。

しかし、メイプルはサリーほど上手く全てに対処はできない。一匹を即死させたものの、横から飛びかかってきた残る一匹の蛇がメイプルの胴に噛《か》み付いた。

「……えいっ！」

噛み付くということは接近するということ。【悪食】残弾あり。よって攻撃イコール死。ぐにっと押し付けた大盾が【悪食】によって蛇を飲み込むのには数秒もかからなかった。

「ふぃー」

ダメージなし。同じレンジで戦ったならメイプルの方が強い。

「残りは私がやるよ。それはボスに残しておいて」

「はーい！」

二体ならサリーが対応しきれる。メイプルは安心して機械神による火力支援に回ろうとする。

メイプルのＨＰがぐんと減少したのはまさにその瞬間だった。

「えっ？」

「【水の道】！」

サリーはメイプルよりも敏感にＨＰ状況について察知すると、糸を巻きつけメイプルを連れて即座に真上に泳ぎ出した。

「【跳躍】！」

そのまま空中に足場を作ったサリーはそれを起点に跳躍しさらに上空へと飛び上がる。紫のもやを突き抜けて、蛇の姿など遠く見えなくなったところでメイプルと自分を繋《つな》ぐ糸をぐんと引いて跳ね上がったメイプルを抱き止める。

「【ヒール】」

「シロップ、【覚醒《かくせい》】【巨大化】！　【念力《サイコキネシス》】！」

メイプルの対応もよかった。サリーの意図を理解して呼び出したシロップを即座に巨大化させ、空中に浮かべて甲羅の上に着地する。

こうして安全は確保したものの、メイプルはＨＰが減少した理由が分からず困惑気味だ。

「な、なんでダメージ……？」

「落ち着いて。回復はこっちでするからステータスを確認してみよう」

サリーはポーションを取り出しつつ、メイプルに詳しい現状確認を求める。

「えーっと……あれ？　毒……？」

メイプルは自分が毒状態になっていることに気がついた。それはもう長らく無縁だったもので、久しぶりのその表示に目を丸くする。

「毒ね。なら状態異常を」

サリーが取り出したポーションをメイプルに使うと、毒はすんなりと解除された。

「あっ、これかも！　耐性低下中！」

状態異常とはまた別の能力低下のようなもの。後数分の間メイプルの【毒無効】は弱体化してしまっているようだ。

「なるほど。さっきの蛇の攻撃に耐性低下効果があったのかな。で、この毒のもやでそのまま毒に」

「じゃあ当たっちゃダメってことだよね」

「だね。盾で防ぐか避けるか。モンスターも中々強い動きをしてくるようになってきたなあ」

「これだと耐性があっても安心できないかも」

「イズさんが作ってくれるアイテムでも耐性強化できるし、もう今はスキルも色々あるし」

メイプルがそうであるように、多くのプレイヤーが耐性を持っている上、最近はアイテムでもある程度対処可能だ。となると、状態異常のスペシャリストと言えるようなモンスターはそれくらいでは抑え込まれない術を持っていてもおかしくはない。

「頭の片隅に入れておいた方がいいかも。その方がいざっていう時に焦らないですむから」

「そうだね！」

「それに悪いことばかりでもないと思うよ」

「……？」

「敵が使ってきたならどこかに耐性低下スキルがあってもおかしくないし、メイプルがそれを手に入れられたら……」

最近はもっぱら【蠱毒の呪法】による即死効果を期待して使っていた毒攻撃も、強力な拘束能力を持つ麻痺《まひ》攻撃も、本来の輝きを取り戻すだろう。

「おおー！」

「もちろん相手が使ってきてもおかしくないから要注意」

「うん！　……あ、じゃあさ一回あの蛇捕まえてみようよ！」

「……？」

「ほら、食べたらスキルくれるかもっ！」

「あー、まあ。蛇かあ。オッケー一匹だけ生け捕りにしてみよう」

ギリギリ食べてもおかしくない生き物か。と、サリーは少し目を細めつつではあるが納得し、メイプルの【毒無効】が元に戻るのを待って、蛇の捕獲へ向かうことにするのだった。

「とりあえず一匹捕まえようか。毒も回復すれば耐えられるって分かったし」

「うーん……どうやって捕まえる？」

「毒のもやの中で試すのはちょっと危ないから、シロップの上まで連れてきたいけど……できなくはないけど、んー」

ほとんどのモンスターは弱らせたところで動きが鈍ったりはしない。ＨＰが1でも残っていればピンピンしている。

「サリーは何か案はある？」

「んー、思いつかないことはないけど……」

「え！　聞かせて聞かせて！」

メイプルがぐっと顔を近づけて興味津々という風にサリーの言葉を待つ。サリーはこれはもう仕方ないかと、思いついてしまった作戦についてメイプルに話すことにした。

「できそう！」

「だから言わなかったんだけどね。ちょっと危ないし」

「大丈夫。危なくなったら先に攻撃しちゃうから」

「……それもそうか。分かった。じゃあやってみよう、メイプルそこ立って」

サリーはメイプルを立たせると手から糸を伸ばしてメイプルに巻きつける。

「良さそうなタイミングで合図してね」

「おっけー！」

サリーはそのままシロップの端に立つと、スルスルとメイプルを地上に向けて下ろしていく。獲物は蛇、餌はメイプル。いざ、フィッシングスタート。

紫のもやで地上は覆われてしまっているため、サリーはじっとメイプルの合図を待つ。

するると。

「サリー！　いいよー！」

下から聞こえてきた声に、サリーは伸ばした糸を引き戻す。感じるずっしりとした重み。それはしっかり獲物がかかっていることを示していた。

「ポーションおねがーい！」

「はいはーい」

糸の先目掛けて回復ポーションを連投しながらメイプルを引き上げること少し。蛇にギチギチに巻きつかれて全く動けなくなったメイプルは、首筋を噛まれた状態でシロップの上に転がっていた。

「さて、口は開く？」

「な、なんとか！」

「じゃあ回復はこっちでやるから。防御低下のデバフもかけとくよ」

「ありがとー」

「調味料も適当にかけとくよ」

「あ、ありがとー？」

メイプルの耐性を低下させることはできても、毒のもやがない状態ではフルスペックは発揮できない。自前の毒でダメージを与えてもサリーが回復させてしまう。

これに対するメイプルの捕食によるダメージ。こちらも微々たるものだが、蛇には回復手段がない。この差は大きかった。

「味変しとくね」

「ピリピリするかも！」

「……それは多分蛇の毒」

「そっかあ」

メイプルはのんびりと食べ進め、ついに蛇のＨＰはゼロになった。

釣ったものは美味しくいただきましょう。パリンと音を立てて蛇は消えていき、メイプルも拘束から解放される。

「どう？　スキルは」

「えっと……ざんねーん。ないみたい」

「ま、そんなこともあるか。モンスターも沢山いるしね。また似たようなタイプがいたら試すのもアリかも」

耐性低下スキルはメイプルの戦略の幅を大きく広げてくれるだろう。十層を探しているうちにそんなモンスターや、らしいイベントにも遭遇できるかもしれない。

楽しみにしておくことが一つ増えたと前向きに捉えて、二人はこのまま地上を避けて奥へと向かうことにした。

「邪魔されちゃうかな？」

「どうだろう。最初くらいは許してくれるかも」

シロップを飛ばして奥にいる毒の主の元へ。モンスターに妨害されないことを祈りつつ、快適な空の旅を続ける二人なのだった。

今のところは妨害もなく、無事に最奥までやってきた二人は改めてシロップの上から地上を確認する。

「見えないねー」

「降りるしかないか」

敵の姿が全く見えない状態では、二人といえど倒しきるのは流石に難しい。

イズからもらった爆弾や【機械神】によって生成した兵器を惜しむことなく使えばいつかは倒せるかもしれないが、そこまで手間とリソースを注ぎ込む必要もない。

「メイプル、高度を下げて」

「はーい！」

地上の状況を確認できないため、いつものような飛び降りではなく、シロップに乗ったまま徐々に高度を下げていく。モンスターまみれだったり、地面に大穴が空いていたりしても把握できないのは危険だ。

以前にも下を確認せず飛び降りて串刺《くしざ》しになりかけたことがあるため、ここは慎重に様子を窺《うかが》う。

「何かいそう？」

「物音はしないね」

「じゃあ降りるよー」

ズンッとシロップが着地する。辺りは変わらず紫のもやに覆われているものの、モンスターの気配はない。

「毒の原因ってどこだろう？」

「メイプル、そこじゃないかな？」

「……？」

サリーが指差した先には地面に走った大きな亀裂。幅は二人が横に並んで手を広げたくらいだろうか。近くに顔を寄せて奥を覗《のぞ》き込んでみると、紫のもやがこれまでの比ではない勢いで噴き出してきた。

「うわっ！」

「毒効かない状態じゃないとここからは本当に進めないかも」

「【身捧《ささ》ぐ慈愛】は常時発動だね！」

「そうしてくれると助かる」

よくよく見ると亀裂の端に沿って足場が続いている。この先が目指す場所となるとシロップに乗って下りることはできない。ここは用意された足場を使うしかないだろう。

「落ちた先がどうなってるか分からないから気をつけてね。あんまり離れちゃうと見えなくなるから」

「うん、気をつける」

二人で足元を確認しながら亀裂を底へと向かって移動する。そうして辿《たど》り着《つ》いた地底は毒のもやが充満しており、あちこちからシューシューと毒の噴き出る音が響いていた。

「気をつけて」

「うん。何が出てくるか分からないもんね」

警戒しつつ辺りを確認すると、ここはある程度広い空間のようだった。ただ、天井はそう高くなくスペースには限りがある。派手に飛び回るのは難しいだろう。

びちゃっ。毒の噴出音に紛れて、気配を探る二人が聞き取ったのは粘性の液体が弾ける音。

紫のもやを貫いて飛んでくるのは濃い紫の液体。二人は即座にその正体を看破。間違いなく毒。

メイプルの【毒竜《ヒドラ》】のそれにも似た毒の塊がどばっと二人に降りかかる中、素早く対応したのはサリーだった。

「【鉄砲水】！」

サリーは範囲外に出るとそのまま強烈な水流で毒を押し返す。メイプルも未知の敵を前に、大盾を構えてサリーの隣まで逃げてくる。

「何かいる」

「ボス……だよね？」

「多分ね」

まずは姿を確認しなくては話にならない。しかし、敵も待ってはくれないようで次々に毒の塊が飛んでくる。

弾速は遅め。サリーなら容易に、メイプルでも何とか躱《かわ》せるレベルだが、毒使いというだけあって正面切って戦うわけではないようだ。

「地面に残るか……！」

「サリー、範囲外に出ないようにね！」

着弾地点を中心に広がる毒だまり。見通しを悪くする紫のもやも相まって、戦場はかなり敵に有利な状態だ。

【身捧ぐ慈愛】による防御がなければ話している余裕すらないだろう。

「とりあえず飛んでくる方に撃ってみて！」

「分かった！」

メイプルは兵器を展開すると毒液が飛んできた方へ大量の弾丸を放つ。角度を変えて、天井から地面、左から右へとばら撒《ま》かれた弾丸のうちの一つが何かを捉《とら》えＨＰを削り取る。

手応えを感じた二人はそのまま距離を詰めていく。【身捧ぐ慈愛】の範囲から出ないように先行したサリーはボスの正体を突き止めた。

「スライムみたいなタイプか……！」

ドロドロと流動的な紫の大きなボディ。紫のもやを噴き出す本体もまた全身が毒でできた怪物だった。手足はなく、目や口もなく。まさに生きる毒塊といった風だ。

「【カバームーブ】！」

メイプルが追いついてきたことでサリーもさらに前に出られる。

ボスの動きは遅く、サリーならば逃げられる心配はない。朧《おぼろ》を呼び出し、武器に炎と水を纏《まと》わせて強く踏み込むと一気に距離を詰めきる。

「【クインタプルスラッシュ】！」

ずぶっと刃が沈み込み、深々と攻撃の跡が残りダメージエフェクトが散る。しかしスキルによって三重にかけられた追加ダメージ込みでも思ったほどの手応えはない。

「堅いな……ダメージカット？」

反撃を受けないうちにサリーは一旦《いったん》少し距離を空け、目を凝らしてもやの中のボスの動きを警戒する。

するとボスは大きく膨れ始め、直後、辺りに充満しているものより濃い紫の毒ガスを噴き出した。

「サリー！」

急速に広がるガスを避けきるのは難しい。【身捧ぐ慈愛】はあるものの、念のために近くにとメイプルがサリーを呼んだところで二人をガスが包み込む。

「うっ……!?」

「持っててもおかしくないと思ったけど！」

メイプルが毒状態になったことを示すアイコン。地上の毒蛇ですら持っていた耐性低下。ボスが持っていても不思議ではない。

問題は今回は避難する先がないということだ。

「メイプルは全力回復でお願い」

「【天王の玉座】【救済の残光】【瞑想《めいそう》】！」

メイプルの自己回復に加え、ボスに対抗して、イズからもらったアイテムで持続回復効果を持つ癒しの緑の霧を発生させる。適宜使用するポーションも含め五重の回復効果はメイプルの減ったHPをすぐに元に戻していく。クロムを近くで見てメイプルは回復し続けることの強さもよく分かっているのだ。

「毒だけなら何とかなりそうだね」

問題はメイプルが玉座に座っているため動けないうえ、【瞑想】を使うために攻撃もできないことだ。今のメイプルは辺りに絶対的守護を振り撒く彫像といったところである。

「引き込むしかないけど……来てくれるかな」

ボスは距離が空いているうちは毒塊を撃ってくるばかりで接近戦は仕掛けてこない。ボス側としてもこの毒の中で耐久戦ができていることは想定外だろうが、となるとどちらか、正確にはサリー達が近づかなければ戦況は動かない。

ただ、サリーはメイプルの庇護《ひご》下から出るわけにはいかない。

いっそ【鉄砲水】を上手く使って引き寄せるか。と、そんなことを考えているとメイプルが声をかけてきた。

「サリー！　チャンスかも！」

「……？」

「ボスも耐性低下持ってるみたい！」

「……！　オーケー、任せて！」

どうやらこの親友はこの戦闘で負けたり苦しい展開になったりするなどとは微塵《みじん》も考えていないようだ。それは強さからくる自信か共に戦う自分への信頼か。後者であればいいと思いつつ、サリーはプランを組み直す。

蛇は前菜、まだメインが残っている。

ボスなら望むものを持っているかもしれない。メイプルの前にあの毒塊を届けるためにサリーは準備を開始するのだった。

「よっ、と！　……ほんとイズさんのお陰でやれること多くて助かる」

サリーは奥へ奥へとボールを投げ込んでいく。もちろん適当に投げているわけではない。飛んでくる毒塊の角度や発射時の音からボスの位置をある程度予測し、その後ろに落ちるように投げているのである。

ガコンッと大きな音を立て、辺りに充満する紫のもやがほんの少し揺らぐ。

それを確認したサリーは見えない奥へと数本の糸を伸ばす。ぴたっと糸が張り付く感覚。上手くいったことを確信して伸ばした糸を一気に縮める。

ガリガリと地面を何かが擦る音。もやを切り裂くように姿を現したのはいくつもの大きな球体。そして、それに押し出される形で無理やり連れてこられたボスの毒塊の姿だった。

「よし、上手くいった！」

イズ特製のボール。時間が経つと巨大化するそれは、本来は空中に投げたりトゲ付きにしたりして攻撃に使うためのもので、サリーが使う予定はなかったが、上手く応用してボスを引っ張り出すことに成功した。

「【氷柱】！」

逃げ出せないように氷の柱を立てて、動けないメイプルの前にボスを固定する。

目の前にいるメイプルは次々に放たれる毒塊でぐしゃぐしゃになってはいるものの、攻撃そのものではダメージを受けないため、どうということはない。

「とりあえず持ってきたけど……これ本当にいくの？」

「柔らかそうだし大丈夫なはず！」

「気にしてるのは見るからに毒物なことの方なんだけど……届かないだろうからこのまま埋めちゃうよ？」

「おっけー！　スキル目指して頑張る！」

サリーがボスとメイプルとの距離を更に縮めて、座ったまま口が届く範囲までボスを寄せるとボスもメイプルがあまりに近づいてきたためのしかかって攻撃してきた。

「息大丈夫⁉」

「水の中じゃないから大丈夫みたい！」

「よかった。それにこれなら座ったまま戦える……食べられる？　よね」

それへの返答は行動で。毒塊から連続して小さなダメージエフェクト。わずかに減るＨＰバー。その体がなくなるまで逃しはしない。

「ごゆっくり」

「ふぁーい！」

毒塊の中に完全に埋もれてしまってはいるものの、聞こえてきた元気な返事に安心しつつ何かあった時のために備えるサリーなのだった。


そうしてボスとの戦闘、もとい捕食を行うメイプル。流石に十層なだけあって捕食のみで倒し切るのは途方もない時間がかかってしまう。ただ、メイプルがよく手にするスキルはどれも最後の一撃が捕食、正確にはドレインであれば問題ない。それはサリーも【糸使い】を手に入れた時に確認済みだ。

「【ダブルスラッシュ】！」

行動パターンが変わるようなＨＰになるほどまで削ってしまわないように、適度に火力を抑えてボスのＨＰを減らして時間を短縮する。

そうしてメイプルが一口、また一口と食べ進めていくうちにそれは起こった。

ブルブルと揺れ始める毒塊。サリーが警戒する中、ボスはサリーの拘束から逃れると、一瞬で目の前からいなくなる。

それだけならよかった。

サリーは【身捧《ささ》ぐ慈愛】の範囲が急速に移動していくのに気づき、即行動を起こした。

「【超加速】！」

幸いにも【身捧ぐ慈愛】の範囲は広い。サリーが同じ方向へ全力で走れば何とか中にとどまれる。

普段ならただ目立つだけになることも多い光のエフェクトが今回は助けとなってくれた。

「メイプル、大丈夫⁉」

「だ、大丈夫ー……突然跳ねたからびっくりしちゃった」

互いに無事でほっと一息ついたところで、不思議と紫のもやが少し薄れていく。それでも毒は受けるだろうが、視界を遮る程ではない。

そうして多少晴れた視界にいくつもの毒塊が跳ねていくのが見えた。

「あれっ⁉」

「……分裂？　本体が分からないと時間を稼がれて毒に苦しめられる、みたいな。今もすごい勢いで毒液飛んできてるし」

地面は足の踏み場がないほどべちゃべちゃの状態だ。当然この毒を飛ばす攻撃そのものにも本来ダメージはあるはずで、短期決戦を求められる中での分裂は厄介な戦法だったのだが。

「メイプルが入ってるのは一つだけだから、お陰で楽に分かった」

「偶然だったけどよかったあ」

「なるべく早く倒しちゃおう。玉座に戻るのも難しいし」

回復能力が落ちた分サリーはポーションでメイプルを援護して、完食するのを待つことにした。

「ちなみに美味しいの？」

「あんまり……」

見た目こそ葡萄《ぶどう》味のゼリーのようだが、中身は劇毒だ。美味しいわけがない。

「そりゃそうか。本当よくやるね」

いいのか悪いのか分からない成功体験を重ねてしまったが故、メイプルの選択肢に捕食が入ってきてしまった。

「せめてスキルは手に入るといいね」

「ね！」

こうして次第に減っていくＨＰバーを見つつ、食い千切られるボスの体が動かなくなって、そうしてゆったりと戦闘は終わっていくのだった。

最後の一口がボスのＨＰを削りきり、パリンと音を立てて、メイプルを包み込んでいた毒塊は崩れて消えていく。

「ありがとサリー！　一人だったらこんなふうに倒すのは無理だったよー」

「確かに回復役がいないと厳しかったかもね。役に立ててよかった。お、毒も消えていくね」

ボスの消失と同時に辺りに充満していた紫のもやも綺麗《きれい》さっぱりなくなった。かかり続けていたメイプルの毒を解除して、もう毒にかかる心配もない。

「そうだ、スキルは？」

「あっ！　そうだったそうだった……えーっと、あるある！　増えてるよ！　でも耐性低下じゃなさそう」

「おおー、さすがボス。まあまあ、ここなら他の人もいないし試しておく？」

「そうしよっか！　あ、ＭＰが足りない……鎧《よろい》につけておこうかな？」

「結構足りない感じ？　装備でどうにかできないこともないけど」

「使う時に１００か２００か３００かで調整できるみたい」

「消費量を変えられるなら最大値でも使えるようにしたいし、装備にセットしておいた方がいいかもね」

ＭＰを３００確保できる装備となるとかなり強力なものが必要になる。それならばせっかく足りないＭＰを肩代わりできる最高の装備があるのだから、それに頼る方が無理なく自然なやり方だ。

メイプルは鎧のスロットにスキルをセットする。

「じゃあ３００使って全開で！」

「うん。見せてみてよ」

「【毒性分裂体】！」

メイプルを包み込むようにどばっと溢《あふ》れた紫の毒液がそのまま地面に流れ出して辺りに広がっていく。

そうしてできた毒だまりからゴボゴボと音を立てて三つの毒の柱が立ち上がる。

それは徐々に形を変えてメイプルの姿を形取ると色まで完全に模倣してメイプルと瓜二《うりふた》つになった。

「おおー、区別つかないね。これ、どこまで真似できるの？」

「スキルは何も使えなくて、でも能力値は同じだって！」

「【絶対防御】とかは発動してないけど装備のステータスは反映されているってことで大丈夫？」

「うん」

「なるほど」

スキルを一切持たないといってもメイプルのユニークシリーズは凄《すさ》まじい防御力を持っている。

装備分と基本ステータスが反映されているならば並の攻撃は効きはしないだろう。

「ある程度は指示できるけど何もしなかったら毒で攻撃してくれるみたい」

「ああ、さっきの」

「後は再発動で爆発する！」

「……？」

「【毒性分裂体】！」

メイプルがもう一度スキルを発動すると、メイプルの見た目だった三体の分裂体はバァンと音を立てて弾け飛び辺りに毒液を撒《ま》き散《ち》らした。

「………」

「すごーい……ほんとに爆発したね」

絵面はまあ中々にショッキングだが、それはいいかとサリーは一旦《いったん》納得しておいて、そういえばと気になることについてメイプルに確認する。

「それさ、【蠱毒の呪法】は乗るの？」

「スキルは持たないって書いてあるけど……」

「元はメイプルが使う毒スキルではあるからさ、どうなのかなって」

「確かに……」

「もし効果あるなら強そうじゃない？　倒そうにも滅茶苦茶防御力高いわけだし、近づいたら爆発させることもできるし。私の分身と違って耐久力があるから壁にもなってくれる」

「なるほど。結構いいスキルなのかも！

「分からない部分は試しておこう。戦略にも組み込めるしさ」

「うんっ」

　確かな成果を得つつ、クエストをクリアした二人は辺りを毒で汚染していたボスの住処から脱出するのだった。

◆□◆□◆□◆□◆

　メイプル達が攻略を進めているのと同じように、他のギルドもまたそれぞれ手分けしたり、有利なプレイヤーに各エリアを任せたりと、方針を決めて十層の攻略に乗り出していた。

　もちろんその中でも順調に素早く攻略を進めているギルドはあり、【集う聖剣】もそのうちの一つだった。

「流石にレイの方が速いねー。レアモンスターなだけあるなー」

「落ちるなよ。助けようがねーからな」

「お、ペインそろそろだぜ」

「ああ。高度を下げよう」

町で貸し出されているドラゴンに乗らずとも四人で移動できる【巨大化】可能なレイがいる。対人イベントでも幾度となく役立ったその高速飛行は、広大な十層においても頼りになる。

地面に着地して四人はレイから降りる。

「ここから先は飛んでいけないもんねー」

「空も全部飛んでいけるわけではないようだからな」

強風や撃破不可能なモンスターが出現するなど、いくつか空にも通過できない場所はある。クエストの都合やイベントのためなど、飛ぶことによってどうしようもなくそれらが成り立たなくなってしまうような場所は飛んでいけないようになっているのだ。

「シャドウも【巨大化】できたらねー」

「今更できるようにはならねーだろうな。【巨大化】は基本初期のスキルだ」

シャドウに乗って移動できればこういう場面も楽にはなるのだが、今後もそれはできなそうだ。その分戦闘時には役立つ強力な移動スキルがあるため、適材適所というものである。

「うっし、早速攻略と行くか」

「移動速度上げるねー。ん?」

バフをかけようとしたフレデリカの視界に入ってきたのは円形に光り輝く地面が高速で横切っていく光景だった。

見上げると、町で借りられるドラゴンが一匹空を飛んで通り過ぎていくところだった。それは少し行ったところでゆっくりと高度を下げ森の中へ消えて見えなくなった。

「あれは……メイプルか」

「だろーな。【身捧ぐ慈愛】の光だろ」

「あっちって何かあったっけー？」

「いや。現状そんな情報はないぜ」

「見に行ってみよーよ。何かレアなイベントとか見つけてるかもー？」

「ま、ないとは言い切れねーな」

「ふむ。なら行ってみようか」

「え、本当に？」

乗ってくるとは思わなかったという風にフレデリカは目を丸くする。

「はは、フレデリカから提案したはずだろう。【楓《かえで》の木】は動向をチェックしておきたいギルドだ。この広い十層なら偶然会った時に現状確認はしておいた方がいい」

「ならレイに乗っていくか！【巨大化】解除する前でよかったぜ」

「ああ、そうだな。レイ！」

ペインは三人をレイに乗せるとメイプルらしき光が消えていった森の方へと飛んでいくのだった。

近くまで来ると、着陸したレイから飛び降りてフレデリカは辺りに意識を向ける。

「この辺りかなー」

「……！」

「………！」

「お、誰かいそうだぜ」

内容までは聞き取れないものの、少し先からは戦闘音と誰かの声が聞こえてくる。どうやらまだダンジョンに潜ったりはしていないようだ。フレデリカが先頭になって様子を見にいき、目の前の茂みの向こうから聞き覚えのある声が聞こえてきたことで、確信を持って茂みから顔を出して様子を窺う。


そこにいたのは三人のメイプル。それが大きな熊のモンスターにぎゅっと抱きついていた。熊はガシガシとメイプル達を殴って攻撃しているものの、ダメージはない。

そうしているうち、まだ十分にＨＰがあったはずの熊は突然蒸発するように消えていった。

「……？」

サリーの能力で分身させているのかと思っていたフレデリカだが、どうにも違いそうだ。

ならば新たなスキルなのかと三人のメイプルを見ていると、それらはいきなり爆発し辺りに破片を撒き散らかした。

「うわ……！」

「ん？　あ、フレデリカ！」

「あっ……やっほー二人ともー」

あまりの光景に思わず声を上げてしまったフレデリカに二人が気づいて近づいてくる。

それに少し遅れてペイン達三人が姿を現す。

「フレデリカがすまない。ちょうど飛んでいくのを見かけたから少し話でもと思って追ってきた」

「そうだったんですね！」

「レアなイベントでも見つけたんじゃないかって思ったんだけどー。この辺りってクエストとかで来る場所からちょっと外れてるし。新しいスキルを試しに来ただけかー」

「今度のイベントではフレデリカに真っ先に使ってもらおうかな？」

「遠慮しとくー」

「ふふ、見られたからには生かしておけぬってね」

こうは言うものの実際はスキルの詳細が分からなければ見られてもたいした問題はない。サリーのこれも冗談のようなものだ。

それに今回のスキルは知っていようといまいと厄介さはそう変わらない。

「フレデリカが覗《のぞ》き見《み》るようなことになってしまったからな。二人が望むならこちらから何か情報提供はできるがどうだろう」

お詫《わ》びとしての申し出を受けて、二人は情報をいくつか受け取った。

「流石ですね。【集う聖剣】はかなり攻略が進んでいるんじゃないですか？」

「まあまあだな。ギルドメンバーは多いがそれでも手が足りないくらいだぜ」

「クエストを進めるだけならそこまで詰まることもねーけどな。それだと取りこぼすイベントが多すぎる」

「私達も強くなっちゃうからねー。あ、今度また一戦やろうよ」

「いいよ。期待しておく」

「これでもまだ未探索エリアの方がはるかに多い。俺達も人手はいくらでも欲しい。一度は同盟も組んだことだ、協力し合えると助かる」

「もちろんです！」

「困ったことがあれば声をかけてくれ。必要なら手を貸そう」

「はい！」

「ならこっちも手を貸してもらっておかない？　元々ちょっと探索に行くつもりだったしー」

「メイプルがいいなら。どう？」

「うん、大丈夫！　それにちょうど同じクエストだったりするんじゃないかなあ」

「確かに連戦だし【集う聖剣】がいてくれるなら心強いか」

「やったー！　んふふ、これで防御は考えなくて済むねー」

「Win-Win ってやつだな！」

「なら早速いこーぜ。攻撃専念でいいなら作戦も変わる」

「ああ、あまり時間をかけさせるのも悪い。早速出発するとしよう」

【集う聖剣】と共にクエスト攻略。メイプルの絶対的防御から繰り出されるどれを取っても最高峰の攻撃。

巻き起こる蹂躙《じゅうりん》に次ぐ蹂躙。飛び交うスキルにより吹き飛ぶモンスター達。

それはボスであっても変わらない。

いかに十層といえども万全の状態の六人を相手にできるモンスターが、誰でも挑戦できるようなクエストに配置されているわけもなかった。

今回、クエストが達成できたかどうかは最早語る必要もないだろう。

それほどまでにメイプル達は強力なパーティーだったのだから。

# 六章　防御特化と交友関係。

探索を繰り返しているうち日々は過ぎていく。ここに至るまでにさまざまなスキルを手に入れてきたメイプル達にとって、十層のモンスターは強力ではあるものの決して勝てない相手ではなかった。大きく躓《つまず》くこともなく順調にクエストをクリアしていき、ベーシックな一層エリアのクエストは概ね制覇したと言っていい状況だ。

もちろん、隠しイベントなどはあるだろうが、それは魔王へ続くクエストとは直接関係がないため、ここは一旦《いったん》後回しだ。

二人は荷物をまとめて教室を出ると今日も帰路に就く。

「どう楓《かえで》、今日って行けそう?」

「うん！　ふふふ、そのために先に勉強しておきました！」

「おー、いいね」

「理沙《りさ》は大丈夫?」

「今更それで止められちゃうようなヘマはしないって」

「なら安心だね！」

「とはいえ、そのうち模試もあるしもっと厳しくなる可能性はあるんだよね」

「むむむ……でもそこでいい結果だったら！」

「うん。それなら、余裕もできるかな」

いい結果以上の説得材料はないだろう。結果さえ出れば親も多少の息抜き程度は問題ないと言ってくれるはずだ。

「だったら、今度また一緒に勉強会しようよ！　ちょうどおいしいケーキ買ったんだあ」

「それ、楓が早く食べたいだけじゃない？」

「理沙にも食べてほしいの！」

「ではありがたく。傷まないうちにすぐ行くよ。勉強会なら何も言われないだろうしさ」

「楽しみにしてる！」

「ん、私も」

勉強会の予定は立てたが、今日は別の予定が入っているため、また後日の楽しみとして取っておいて、二人は話しながら帰路を行く。

今日の二人の予定は同じ。この後に待っているのはゲームの中での冒険だ。

「じゃあ帰ったらゲーム内で会おうか。そろそろ強いボスの気配って感じだったし」

「気合いいいれていこー！」

二人は早足で家まで帰り着くと、ささっと着替えを済ませて『NewWorld Online』へと飛び込んだ。

◆□◆□◆□◆□◆

メイプルがギルドホームへやってくると、そこには既にサリーが待っていた。

「お待たせ」

「こっちも今来たとこ」

サリーの方へと駆け寄っていくメイプルは、ここで十層のギルドホーム特有のあることに気づく。

「あ、もう全部繋《つな》がってるんだね」

「みたいだね。皆のお陰。あとでお礼言っておこう」

各町へとつながる魔法陣。浅く広く【楓の木】がバラバラに探索してくれたお陰で、全ての町を自由に行き来できるようになった。

これでようやく十層探索の下地も整ったと言える。

「さて、今日は強そうなボスがいるだろうクエストを受けにいく訳だけど」

「まだ情報も出揃《でそろ》ってないんだよね」

確認したクエスト名からして、恐らく大ボス。ただ、前回のログイン時は時間が足りずに次回持ち越しとなったため、細かい内容は二人にも分からない。

「どの町からも探索を進められるから、自由度が高くなった分、全体的に情報は不足気味」

「順番が決まってたら皆同じ所に行くから参考にしやすいけど、十層は……」

「そういうこと」

「誰かに手伝ってもらう？　万全を期すって感じで！」

「しっかり勝ちたいし、それも悪くないね。メイプルが連絡取れる中で、今日来れそうな人はいる？」

メイプルがメッセージを送れる相手なら、誰が来ても頼もしい。規格外に強くなったメイプルの交友関係は自然と強者でいっぱいになっていた。メイプルは早速メッセージを送ると、しばし返信を待つ。

「……来てくれるって！」

「お、これで相当なボスが来ても戦えそうだね」

二人がしばらく待っていると、魔法陣が光り輝きギルドホームに二人のプレイヤーがやってくる。

「メイプルさん！」

「攻略は順調ですか？」

「マイ、ユイー！　手伝いに来てくれてありがとう！」

「「ボス相手なら私達に任せてくださいっ！」」

メイプルが声をかけたのはマイとユイ。初めて会ってスカウトした時から随分経って、今や【楓の木】の枠を飛び越えて全プレイヤーの中でもトップと言っていい攻撃力を持ち、すっかり頼れるメインアタッカーとして成長した二人だ。

「二人の方は探索は順調？」

「私達は今はカナデさんとイズさんと一緒に、三層っぽい所を中心に探索中です……！」

「いくつか条件があるんですけど、それを達成していけば三層のような飛行機械も使えたりするみたいです！」

十層限定だったりといくつか制限はあるようだが、自在に空を飛べるブーツ型の飛行機械があれば縦横無尽に飛び回って自由度の高い戦闘ができるだろう。

「機械の方から攻略するのが正解だったかあ」

「私達で効率のいい手に入れ方を教えられると思います！」

「助かる！　あの靴あるだけで三層の戦闘は別次元のことができたし。何はともあれ持ってはおきたいね」

やはり未探索の場所も魅力的な要素で溢《あふ》れている。時間がいくらあっても足りないくらいだ。

「こっちも順調！　探索でスキルも手に入れたよ」

「どんなスキルですか？」

「えーっとね。分裂して、私の見た目の毒を作るんだ」

「⁉」

「その後、破裂して毒を撒《ま》き散《ち》らしてくれるの！」

「「？・？・？・？・」」

「……間違ってはないけどね」

二人の頭の中では、いくつもに分裂してそれぞれに動き出したメイプルが、内側から爆発するイメージが流れていた。出来の悪い想像上の宇宙人か何かだろうか。

「それは実際に見てもらった方が早いとして、今回は二人にボス討伐を手伝って欲しいんだ」

「は、はい！」

「大丈夫です……！」

いきなり驚かされてしまったが、ここは一旦気を取り直して四人はクエストを受けに行く。

「あ、でも二人ってクエスト受けられるのかな？」

メイプルが今回受けに行くのは、前提となるクエストをいくつかクリアしたことで出現したものだ。マイとユイはその前提となるクエストをクリアしていない。

「そこに関しては大丈夫。クエストは受けられないんだけど、ついてきて手伝ってもらうことはできるし、最終的に魔王討伐にも参加できる」

「ほんと⁉」

「本当本当。だから安心してクエストを進めればいいよ」

サリーはどうしてなのかはまだ言わないものの、メイプルの不安は解消された。これで心置きなく四人でボスの討伐に向かうことができる。

「じゃあクエストを受けに行こう！」

メイプルとサリーは二人を連れてクエストを受けに行く。向かうのはこれまでクエストを受ける時に行ったのと同じ建物。そこまでの道も慣れたもの、迷うことなく真っ直ぐ向かい、いつも通り室内にいるリーダーである男性に声をかける。

「よく来てくれた。君達のお陰で脅威は順調に排除できている。本当に助かっているよ。そこでだ、そんな君達に折り入って頼みがある」

告げられたのはこれまでで最も強力と言っていい魔王の手先が暴れているということ。そして依頼内容は単純明快。それの撃破だ。

「一筋縄ではいかない相手だ。こちらも調査を行い対策としてアイテムを用意した。数は少ないが持っていって助けとして欲しい」

「ありがとうございます！」

メイプルは男からアイテムを受け取る。両の手のひらの上には野球のボールくらいの大きさ、重さの黒い球が三つ。

「しばらくすればまた用意できる。なくなったなら訪ねてくれ」

つまり、なくなった場合は補給できるが、一度に貰える最大数は三個ということだろうとサリーが補足する。

「大事に使わないと……！」

「あとで効果を確認しておきましょう！」

「ボスに効くアイテムのはずです」

「君達の力を信じている。活発化している他の魔物はこちらで抑えてみせる。君達の戦いの邪魔はさせない」

「はいっ！」

クエスト達成条件はボスの撃破。報酬には『魔王の魔力・I』という見慣れない単語が書かれている。ともあれ、クエストを受け終えたメイプル達は建物から出て、そのことについて話しながらフィールド方向へと向かっていく。

「その『魔王の魔力』が十層のボスにつながるキーアイテムらしいよ」

「なるほど」

「これならどのクエストまで進めればいいか分かりやすくて助かります」

「他のエリアも、最後のクエストでアイテムが手に入るんでしょうか……？」

「そこはまだ分からない。なんだかんだ言ってこの町から攻略する人が一番多いみたいで、他のエリアの情報はかなり少なかったんだよね」

攻略するのがどこからでもいいなら、癖がなく十層に続くダンジョンの出口からも近いこの町を最初に選ぶプレイヤーが多いのもおかしなことではない。

「そのあたりは楽しみにしておくとして……今回はツキミとユキミに乗っていくのが一番速いかな」

マイとユイもメイプル同様、ステータスがあまりにも極端なためドラゴンに乗ることはできない。ここはテイムモンスターの力を借りるより他にないだろう。

「ツキミ！」

「ユキミ！」

ツキミとユキミの背に乗ってフィールドを走り抜けていく。マイとユイが自分達を囲うように【救いの手】に持たせた大槌《おおつち》を周回させていることで、近づくモンスターは順に即死して消えていく。

「これなら目的地までは問題なさそうだね」

「すごーい！」

「モンスターを倒すのは」

「得意分野です！」

その言葉に偽りなし。タフなモンスターも耐えられず、素早いモンスターも全ての大槌を躱《かわ》すことは不可能だ。

基本的にはレベル上げのためにフィールドに存在する、どうということないモンスター達では、もはや一秒足を止めることもできない。

メイプル達としてもこんな所で足を止めるつもりもない。目指すはボスの元、ただそれだけだと四人はマップが示すクエストの目的地まで駆けていくのだった。

マイとユイの異次元の攻撃力によって通り道にいるモンスター全てを蹂躙《じゆうりん》して辿《たど》り着《つ》いた目的地。目の前のどこまでも広がっていくような草原には柔らかな風が吹いている。

辺りにはモンスターはおらず、特に目立った建造物もない。洞窟《どうくつ》や、毒塊を倒した時のような地面の亀裂も見当たらない。

空を見上げてもそこには青空がどこまでも広がるばかりだ。

「ここ?」

「マップを見る限りはそのはず」

「ですけど……」

「ないもないような」

しかし、目的地がここであることは間違いない。それを証明するように、直後発生した大きな地響きに四人はすぐに気づいた。

目の前の地面から溢れるように広がった黒。メイプルの【再誕の闇】のエフェクトにも似た現象に、四人は急いで距離を取り様子を窺《うかが》う。

何かが出てくるのか、先制攻撃か。クエストに関係するものであるのは確かなため、油断はできない。

「……何も起こらないね」

「黒いのも止まったみたいです」

「真ん中に光って見えるのは……魔法陣でしょうか？」

溢れる闇の拡大は止まり、端の方がゆらめく以外には動きもなくなった。中央には黒い輝きを放つ魔法陣らしきものがあり、怪しげにメイプル達を誘っている。

「メイプル、【身捧《ささ》ぐ慈愛】は今のうちにお願いしたい」

「おっけー！」

ここから先は道中ほど楽に勝てるわけではない。さらに言えば、今回も変わらずマイ、ユイ、サリーは一撃も受けるわけにはいかない。

メイプルの【身捧ぐ慈愛】は戦闘において必須《ひっす》のスキルだ。

「念の為、アイテムの効果を再確認しておくね」

依頼を受けた時にもらったアイテムは、ボスの使ったスキルの効果を打ち消す使い捨てのアイテムだった。

相当強力なアイテム、それが三つも。この先にいるのが生半可な相手でないことは明らかだ。アイテムは二つをサリーが持ち、一つをメイプルに持たせてある。判断能力に優れたサリーが基本的にアイテムを使うことにして、リスクを分散させるため、最も倒されにくいメイプルに残る一つを持たせているのだ。

強敵の気配に四人は気を引き締める。たとえ敵が強かろうと自分達も強いことに変わりはない。

過剰に恐れることはなく、メイプルの【身捧ぐ慈愛】に守られる中、黒く輝く魔法陣に足を踏み入れた。

◆□◆□◆□◆□◆

黒い輝きに包み込まれて転移した四人は、光が収まっていくとともに見えるようになった周囲の状況を確認する。

周りは先ほどと同じく開けた草原だ。では違いはといえば、晴れ渡っていた空が今はどんよりとした雲に覆われていること、そして強くなった風が不吉な予感を伝えてくることの二つとなる。

「来るよ」

ここに来た時と同じように地面に闇が広がっていく。ただ、さらに別の場所へ転移などということはなく。そこからは一体のモンスター、四人が受けた最終クエスト、倒すべき相手であるボスが姿を現したのだ。

枯れ木から伸びる枝のような細い漆黒の手足はパキパキと音を立てながら動き、ボロボロの外套《がいとう》は赤黒い血に汚れ、頭にはマスクのように顔まで覆う動物の骨。手に持った骨でできた杖《つえ》は先端から両目と同じ不気味な青い炎をゆらめかせており、四人に強烈なプレッシャーを与えていた。

ボスが腕を伸ばし杖を振るう。それに合わせて渦を巻くように暗い闇が動き出し一気に辺りに広がっていく。

「さ、集中していこう！」

「うん！」

「「はいっ！」」

闇が晴れていく。メイプルの【身捧ぐ慈愛】がなくともこれはノーダメージ。それはかき集めてきた事前の情報から知っていたことだ。

周りに広がっていた草原はどこへやら。メイプル達は高い木々が立ち並ぶ深い森の奥にいた。ボスは消えており、辺りからガサガサと幾つもの敵の気配が近づいてくる。

「森か、運いい方だね。ここはスキップなしでいこう」

「おっけー！」

ボスのスキルによって複数パターンからエリアが選ばれ定期的に切り替わるギミック。

渡されたアイテムは相性の悪いエリアをスキップして再抽選するためのものだ。

メイプルのお陰で四人の受けは広い。他のプレイヤーなら耐えられないような場面でもメイプルなら何もないものとして扱える。選ばれるエリアの中でも厄介な地形効果がない森を最初に引けたのは、四人にとってかなり運がいいことだ。

四人を囲むように黒い人型モンスターが次々と現れる。闇をくり抜いたような漆黒の体に、ボスと同じ青い炎の揺れる瞳《ひとみ》、長い腕と爪、ひょろひょろとした体はスピードタイプのモンスターを思わせる。

四人の想像通り、数十体のモンスターは素早く動き回ると、目にも留まらぬ速さで駆けながら攻撃を繰り出してきた。

囲まれている、つまり死角からの攻撃が必ず発生するということ。それに反応できたのはサリーだけ、残りの三人はなすすべなく爪で次々と攻撃されてしまう。

「だいじょーぶ！」

「「ありがとうございますメイプルさん！」」

防御貫通効果がなければ短期決戦に持ち込む必要も、慌てていくつものスキルを使う必要もない。見た目通りスピードはあるがパワーはないようでノックバックも付いていない。

数を活かした息つく暇のない連続攻撃だが、今回もまたメイプルにとっては何もないのと同じだ。

安全が確定したメイプル達は消えたボスの姿を探す。

「どこだろう？」

「ここ、ボス以外は無限湧きだから探さないと」

「私達で減らしておきますね」

「探しやすいように……！」

敵の方から向かってきてくれるなら好都合。マイとユイが回転させ始めた計十二本の大槌が近づく者全てを粉砕する。

基本、フィールドでのレベル上げはこれでやっているため、マイとユイもこの基本動作には慣れたもの。オート操作ではないにもかかわらず、攻撃しつつボスを探すことができていた。

「いた！」

周りのモンスターを薙《な》ぎ倒《たお》しているうち、サリーが木々の隙間にボスの姿を発見した。

「お姉ちゃん！」

「うん……！」

見つけさえすればこちらのもの。メイプルの防御に守られていることが分かっている二人は回転させていた大槌を止めてボスを見据える。

飛びかかろうとするモンスターなど気に留めず、二人はボスへと衝撃波を放った。

「「【飛撃】！」」

目の前のモンスターが全てガラスのように砕け散る。木々は幹から爆散して崩れ落ちそれに巻き込まれるようにボスがぐしゃぐしゃに潰《つぶ》される。完璧《かんぺき》に決まった必殺の攻撃。それでも、ＨＰは半分以上残っていた。

「まだ情報はなかったけどこれワンキルは無理みたいだね」

できるプレイヤーが増えてきたとはいえ、下準備も無しにボスクラスを気軽に一撃で葬れるとなるとマイとユイだけだ。この情報がなかったのも当然と言えば当然である。

狙い通りに一撃で即勝利とはならなかった四人を黒い闇の奔流が飲み込む。

「ダメージないよ！」

「ってことは……」

視界が晴れると、そこは真っ白い正方形の部屋の中。ボスの姿も見えている。これならと武器を構え直すマイとユイ。

「気をつけて、ここはまだ情報になかった……っ!?」

ボスが杖を振ると四人の体が宙に浮く。いや、『天井へと落ちる』。反転した重力は天井を地面として、メイプル達を強制的に移動させた。

「わわわっ!?」

「【身捧ぐ慈愛】が効かないだけマシだけど……！」

メイプルが重力方向の変化を全員分受け持ってしまっていればマイとユイが取り残されていた。

頭蓋骨《ずがいこつ》の形をしたいくつもの黒い輝きが落下する四人に放たれる。

先ほどのエリアと違い攻撃に付随する効果は未知数。迎撃態勢も整っていない中、これを受けるのはリスクが高いとサリーは判断した。

「メイプル、面白いの見せてあげる！【水竜《リヴァイアサン》】！」

竜巻のような太い一つの水流がサリーの展開する青い魔法陣から放たれる。先端には水でできた竜の頭部がついておりうねる水流そのものが一体の竜のようだ。

それは飛んでくる攻撃を飲み込んで無力化しながら、ボスへと迫る。ボスはそれを即座に転移して回避したものの、その隙に四人が着地し態勢を整える余裕ができた。

「ふふ、メイプルの【毒竜《ヒドラ》】にも負けないよ」

「さっすがサリー！【水操術】？」

「そそ」

使い込んでいるだけあって、レベルも上がりスキルも増えた。サリーのお陰で一旦《いったん》落ち着ける。

こんな部屋はさっさと攻略して脱出するに限ると、四人は浮かびながら距離をとって再度杖から黒い輝きを放つボスを見据えるのだった。


ここから反撃。と、意気込んだはいいものの、現実はそう上手くもいかなかった。

重力方向の切り替わりが想定以上に早く、戦闘の要である極振り組三人の対応が追いつかないのだ。

「わわわわっ！」

「メイプルさーん！」

「止まっていられないです……！」

「ボスは転移するし……着地する度すぐ重力変えられると……」

現状、転がっているサイコロの中に入れられているような状態で、とても戦闘どころではない。

何とか順応できているサリーが魔法を撃っても、ボスは瞬間移動によってそれを躱《かわ》してしまう。

ボスの攻撃をサリーが捌《さば》いている間は負けはしないが、勝つ頃にはメイプル達が疲弊して残りの戦闘に支障が出るだろう。

「メイプル、マイ、ユイ！　ちょっとこの部屋はスキップする！」

「わ、分かった！」

「「助かります……」」

サリーがクエスト受注時に貰《もら》ったアイテムを使用すると、何もない真っ白な正方形の部屋だった周りの景色は崩れて、別のエリアへと移り変わる。

やってきたのはいくつもの大岩が並び死角の多いエリア。ここはサリーの頭に入っていた。森と近しいコンセプトであると分かっているサリーは、当たりを引いて安心したようによしと頷《うなず》く。

そんな中メイプルはというと。

「サリー――！」

地面から飛び出してきた大きなワームに突き上げられて、齧《かじ》られている最中だった。齧られているうちは身動きも取れず、攻撃もできない拘束状態だが、メイプルに限っていえばたいした問題ではない。

「ごめんメイプル、ちょっとそのままで！　マイ、ユイ、先に周り片付けちゃって！」

メイプル本人が狙われているうちは、他のプレイヤーがより自由に動きやすい。【身捧《ささ》ぐ慈愛】は攻撃を引き受けるだけであって、目の前からモンスターそのものをどかすスキルではないからだ。

「メイプルさん！」

「ちょっと待っててくださいね！」

モンスターを受け持ってくれているメイプルのため、二人は迅速に作戦を実行する。

いつも通り高速回転し始める必殺の大槌《おおつち》。しかしそれの狙いはワームではなく、周りの大きな岩石だった。

大槌が直撃する度、岩石はまるで発泡スチロールかなにかのように容易く崩れていく。響く轟音《ごうおん》と舞う砂煙のみが、目の前のそれが真に岩石であることを伝えている。

ものの数分で並ぶ大岩は全て小石に変わって、見通しの悪い岩のジャングルは草原よろしく真っ平になった。

「「終わりました！」」

「ナイス！　そのままメイプルも助けてあげて」

特殊な防御手段を持たないモンスターでは、マイとユイの攻撃は受けられない。整地のために振るわれていた大槌がモンスターに向いた時、待っているのは死ただ一つだ。

マイとユイは拘束から解き放たれたメイプルを受け止めて、改めて周りを確認する。

大岩を砕き回ったせいで舞い上がった砂煙も落ち着いて、遮るもののないバトルフィールドにボスの姿を視認する。

目の前には蠢《うごめ》くワーム達、本来そう容易く距離を詰めることなどできない陣形。

「メイプルさん、サリーさん！」

「ついてきてください……！」

「おっけー！　防御は任せて！」

「最後はこっちで動きを止めるから」

とはいえそれは普通のプレイヤーであればの話だ。迫り来るワーム達とマイとユイが衝突する度、ただの一度も攻撃動作をとることも許されないままワーム達は粉々になる。

まさに鏖殺《おうさつ》。一歩歩くごと増え続けるキルスコア。攻防一体の回転する大槌が、新たに地面から飛び出し二人を狙う命を即座に刈り取っていく。弱点を埋める環境さえ整えられればマイとユイは最強だ。

ボスの攻撃はサリーが魔法で、メイプルが銃撃で相殺しているため、もはや二人の足を止めるものは何もない。

「朧《おぼろ》、【拘束結界】！」

サリーがほんの一瞬ボスの動きを停止させる。一瞬あればそれでいい。二人が射程内に入って攻撃準備を整えれば、瞬き一つする間に全ては終わる。

「「【飛撃】！」」

二回目の直撃。ボスのＨＰは半分を割った。ＨＰ残量を見るにあと二回で倒し切れる。一撃死はしないようになっているといっても、四発で確殺という事実は常軌を逸している。

「よーし！　この調子でいこう二人とも！」

「「はいっ！」」

まずはエリア変化で当たりを引くことだ。それができれば格段に楽になる。そして、そうでないとしても。

「……よし」

サリーは、残るスキルとそれを使って組み立てられる戦略を脳内で整理する。

勝てそうな時ほど、足を掬《すく》われないよう気を配っておかなければならない。

特にこのパーティーにおける危険感知の比重はサリーにかなり偏っている。

つまらないミスで負けないように冷静に対応するのがサリーの役割だ。三人が押せ押せのムードの中、サリーはしっかりと気を引き締めるのだった。


目の前で世界は黒い輝きに覆われ再度崩壊し、素早く再構築される。

辺りは眩《まぶ》しいほどの赤。燃え盛る炎に完全に包まれていた四人は、直後メイプルから弾けたダメージエフェクトを見て状況を把握する。

「【救済の残光】！」

メイプルが削られるということは固定ダメージ。それも複数人の分を一気に受け持ったせいでHPは大きく削れ、スキルによる自動回復込みでも受け切れない。

ここはアイテム使用での転移が安定択。メイプル達でなくとも固定ダメージを与える炎の中で戦いたくはない。誰もがまずそう思う。

「メイプル！」

「うん！」

やはり、情報こそ最大の武器だ。サリーは炎の向こうの黒い輝きをしっかりと見据える。

赤一色の背景に、ボスの纏《まと》う黒い輝きはよく映える。

このエリアの情報はあった。その中でも最重要だったのはボスが一定時間ごとしか移動しないというものだ。

「【水の道】！」

「【全武装展開】！」

サリーはマイとユイを糸で繋《つな》いで空中に伸ばした水を泳ぐ。メイプルはそれに合わせるように爆風で真下を飛んでいく。

メイプルの役目は【身捧ぐ慈愛】の範囲内に三人を入れ続けること。サリーの役目はマイとユイを空中に浮かぶボスの元へ届けること。

思わず再抽選したくなる中、四人は踏みとどまって超短期決戦を仕掛けたのである。

「動かないなら簡単です！」

「ユイ！」

サリーが糸で無理やり引っ張り上げているため、身動きは取りづらい。正確に狙った攻撃ができないからと二人は宙に浮く十二本の大槌を、縦に三本横に四本と並べ替えて長方形を作る。

「「せーのっ！」」

隙間がなければ外れようがない。マイとユイが息を合わせて振り下ろした大槌は、まるで一本の巨大なハンマーのようになってボスの体を強打し、轟音と共に地面へと叩《たた》きつけたのだった。

「よしっ、ナイス二人とも！」

サリーは上手く着地すると、マイとユイに繋いでいた糸をほどく。

「上手くいきました！」

「よかったです……」

「ありがとー！　難しいのに一発だったね！」

成功しなければメイプルが耐えきれないため即再転移だったが、ここはマイとユイの素晴らしいプレイングが光った。

「アイテムも二個残ってる。落ち着いてラスト決めよう」

「うん！」

「「はいっ！」」

ボスのＨＰもマイとユイであればあと一発分。炎が消え去り、辺りに黒が広がっていく。いつの間にか周囲はここに来る前と同じ障害物一つない草原に変わっていた。

そんな中、目の前の地面からズッと這《は》い出るようにボスが姿を現す。それを見て、ここで決着をつけると、マイとユイは即座に大槌を叩きつけた。響く轟音。大槌の下に見えなくなったボスはしかし、大槌をすり抜けてそのまま一歩前に踏み出すと、目の前に魔法陣を生成し黒く輝くレーザーによって攻撃してきた。

「効いてないです……！」

「あ、当たったはずなんですけど」

「大丈夫！　こっちも効いてないからっ！」

「「メイプルさん！」」

狼狽《うろた》える二人をメイプルが落ち着かせる。そうしているうち、周りからは次々とボスと同じ見た目の敵が生み出されていく。

「大丈夫大丈夫、こっちにはメイプルがいるし、相性は悪くないはずだから。落ち着いて本体を探して」

「「はいっ！」」

倒すことのできない敵に囲まれ、四方八方から次々に強烈な魔法攻撃が飛んでくる。

それだけ聞けば絶望的だが、そこにメイプルを一つ置くだけで不思議なことにそれら全ては問題なくなるのだ。

あとはこの中からボスを見つけ出す必要がある。攻撃がすり抜けて倒せないのは厄介ではあるが、悪いことばかりではない。

「いつも通りやるよ、お姉ちゃん！」

「分かった」

「こっちは任せて！　【攻撃開始】！」

「【鉄砲水】！」

四方を向くよう互いに背を向けて、四人はそれぞれの方角へと攻撃を開始する。マイとユイは大槌で、メイプルは銃撃で、サリーは呼び出した水に混ぜたアイテムによる攻撃で、ボスの幻影と言える敵達を次々に攻撃する。

今回重要なのは威力ではなく攻撃範囲。メイプルが角度を変えつつばら撒《ま》けるだけばら撒いた銃弾。そのうち一つが確かにダメージエフェクトを弾けさせた。

「いたかも！」

本体まで攻撃が効かないなどということはない。その予想は当たっていたようだった。

「【超加速】！」

「二人とも乗って！」

サリーが見失う前に一気に加速する。展開した兵器にマイとユイを乗せたメイプルが【カバームーブ】で追いついて、サリーの速さを活かして距離を詰める。

「マイ、ユイこの辺り！　振り回して！」

「【決戦仕様《デストロイモード》】！」

サリーの言葉を受けて二人は大槌を振り回す。いくつもの幻影をすり抜けて、二人は当たりを掴《つか》み取る。回転する死の具現たる鉄塊はバキィンと高い音を立てて、ボスを文字通り粉々に砕き割った。

「当たったー！」

その音は四人の勝利を示すもの。上手くいったと笑顔のマイとユイにメイプルとサリーも笑顔を返し、辺りに広がる闇が消えて元の景色に戻っていくのを眺めるのだった。

◆□◆□◆□◆□◆

ボスの撃破に合わせて元のフィールドへと戻ってきたメイプル達は、まず空中をゆっくりと落ちてくる黒い塊を確認した。

それは四人の目の前まで落ちてきたところで静止してふわふわと浮かんでいる。

「手に取ってみたら？」

「うん」

メイプルはサリーに言われて塊に手を伸ばす。そうして手を触れた途端。黒い塊は弾け、同時にクエストクリアの通知が流れた。

メイプルとサリーが確認するとインベントリの中には『魔王の魔力・Ⅰ』というアイテムが一つ入っており、アイテム説明には全て集めて使用することで魔王への道が開くという内容が書かれていた。

「パーティー全員が持っている必要はなくて、使ったプレイヤーのパーティーを連れていくって感じ」

「じゃあ、皆で集めていけば結構すぐなのかも！」

「一回行ってみるだけなら、ギルドで協力するのが一番手っ取り早いね。自分のタイミングで何回も行ってドロップ品を狙うとかだと全制覇しないと駄目だけど」

今回の目標はメイプル達が忙しくなる前に魔王を撃破すること。サリーの言うようにメイプルはドロップ狙いというわけでもないため、皆で協力して進められるのは助かるポイントだ。

「これで今の町のクエストは一段落したのかな？」

「そういうことになるね。前も話したけど隠しエリアとかイベントは探し出すとキリがないから、一旦《いったん》後回しかなあ」

やはりあるかないかわからないものを探すのは難しい。さらに言うならメイプル達には時間もそこまでない。持ち前の幸運によって偶然出会うことに期待して、魔王挑戦のために必須《ひっす》となるエリアの探索を進めていくのがベターだ。

「マイ、ユイ、すっごく助かったー！　今日はありがとう！」

「お役に立てて嬉《うれ》しいです！」

「タイミングが合えば、またいつでもお手伝いします……！」

マイとユイの手助けはメイプルとのシナジーもあってとても強力だ。可能ならボス戦でも力を借りたいところである。

「メイプル、次はどこへ行ってみる？」

「どうしようかな……言ってた通りに三層エリアの方とか？　ほら、空を飛べる靴とかあるんだよね？」

「「ありますっ」」

「それが手に入ると私は嬉しいかも。やっぱりこの靴だけだと空を飛ぶにも限界があるからさ」

【水操術】【氷柱】【糸使い】に【黄泉への一歩】の足場生成。スキルによってプレイヤーには通常不可能な空中機動を可能にしているサリーだが、クールタイムや【黄泉への一歩】発動時のステータス低下がある以上制限はある。その点三層にいた頃使っていた機械にはそれがない。この後の戦闘の自由度が大きく変わってくるなら攻略順は先の方がいい。

「三層エリアは私達とイズさんカナデさんで攻略中です！」

「聞いてくれれば教えられることもあるかもしれません」

「うん！　頼りにしてるよー」

「「はい！」」

次の目的地も決まったところで、メイプルとサリーはもう一度お礼を言ってマイとユイの二人と別れたのだった。

◆□◆□◆□◆□◆

別日。理沙《りさ》の勉強が予定よりも大変なようで、急にログインできなくなってしまったため、楓《かえで》は一人『NewWorld Online』へとログインしていた。

とはいえ、三層エリアの攻略はサリーと一緒にと決めているため、メイプルがいるのは攻略が済んだ一層エリアのギルドホームだった。

今日はレベル上げでもしつつ、隠しエリアの探索でもしようかと思っているとギルドホームの扉がバァンと開いた。

「たのもー！　サリー、今日も一戦……あれ？」

「フレデリカ！　ごめんね、サリーは今日急用で……」

「そーなんだー。急用ならしょうがないかー」

いつも通り約束をして決闘に来たフレデリカだが、今日は突然サリーが来られなくなってしまったため、来てはみたもののやることがなくなってしまったのだ。

「んー、あ！　じゃあさ、メイプル一戦どう？　メイプルとは直接やり合うことなかったよねー」

「えー？　私と」

「そーそー。ほらまた新しいスキル手に入れてたみたいだしー？　サリーもそうだけどメイプルの情報も集めておかないとねー」

「上手くできるか分からないけど……フレデリカがそう言うなら、いいよ！」

「おっけー！　じゃあ早速一戦一戦！」

珍しい組み合わせで、二人は訓練所へと消えていった。


そうして数分後。

「滅茶苦茶、滅茶苦茶、滅茶苦茶ー！」

フレデリカはぎゃあぎゃあと叫びながら、展開した大量の障壁で視界を埋め尽くす凄《すさ》まじい数の化物から身を守る。

【救済の残光】を覚えたことで【方舟】という水系のスキルを使えるようになったメイプルは、かつて第二回イベントで手に入れた【古代ノ海】の発動条件を満たした。

AGIを低下させる水をばら撒く魚を生み出すスキル。それは、メイプルが使うとそのまま【再誕の闇】の餌となる。

攻撃能力を持たない魚はデバフをばら撒く分出てくる数も多い。それは化物に生まれ変わることなど決してあってはいけない量だ。

「【毒竜《ヒドラ》】！　【滲《にじ》み出《で》る混沌《こんとん》】！」

「ちょっ、と！　あー！」

化物が肉壁になってメイプルに攻撃する暇もない。そうしているうち障壁の一部が破壊され、それをきっかけに決壊するように化物が雪崩れ込んだ。

「うあー！」

圧殺されるように、化物の山の下でフレデリカのＨＰが吹き飛んで決闘は終わりを迎えるのだった。

「だ、大丈夫？」

「んー、これは勝てなそー」

「そう……なのかな？」

「そう！」

メイプルとサリー、どちらを相手にした時もフレデリカが負けたという結果は同じ。しかしその過程、負け方には大きな違いがあった。

サリーと戦った時にフレデリカが感じたのは技量の差。よりシビアに正確な選択をした方が優位を手にする。だからこそ、一つミスを誘発できれば優位もひっくり返りうる。

対してメイプルとの戦いで感じたものは、圧倒的な出力の差。積んでいるエンジンの違い、多少の技術ではどうしようもない暴力的なスキルパワー。

今のフレデリカにメイプルは倒せない。追い詰めるために乗り越えなければならない障害が多すぎるのだ。

「メイプルの相手はペインに任せるしかないねー」

埒外《らちがい》の出力。それはペインも同じこと。自分が戦う相手ではなかったと割り切ってフレデリカは現状を認識した。

「ええー？」

「【楓の木】最強はやっぱりメイプルかー」

「でも普通に考えたらそうじゃない？」

「絶対サリーの方が強いよー」

「そーかなー？」

「うん！　サリー本当にすごいんだから！」

「そこまで言い切るってことは戦ったのー？」

「え？　それはないけど……うーん、でも……」

メイプルは口元に手を当てて、想像を巡らせてみる。自分とサリー、どちらが勝つか。しかし、改めて考えてみると、全く想像したことのないことであるため、サリーがいつも通りすごい動きでなんとなく勝つ、というふんわりとしたイメージしか湧いてこなかった。

「まー、どこかで戦ったら教えてよー。【集う聖剣】の作戦立案に役立てるからさー」

「むむ、これは言わない方がいいような……」

「あははー、せいかーい」

「あ、でもいつも約束してるならこれは話しておいた方がいいのかな……？」

「？」

メイプルはフレデリカに、自分とサリーがしばらくログインできなくなるだろうことを伝えた。

「うぇっ!?　じゃあ、それまでにサリーに勝っておかないと勝ち逃げされちゃうじゃん！」

「ずっと戦ってるけど、やっぱりサリー強い？」

「強すぎー。特に最近は、どんどん強くなってる感じー」

「スキルが増えたからかなあ」

「んー、それもあるけどー。何か気迫が違うっていうかー、当たりそうになったところからの対応が異常に早いっていうかー」

「ふむふむ」

メイプルはサリーとフレデリカの戦っている内容はよく知らない。決闘時には二人は隔離されてしまうからだ。

メイプルは戦闘の細かいことも分からない。作戦立案も基本サリーがやっていることだ。

故に、戦闘のプランを組み立てて相手に勝とうとする習慣もない。

だからこそフレデリカがサリーと戦った時の話を聞くのは新鮮だった。

「……？」

そういえば。と、メイプルは少し昔を思い出す。フレデリカがそうであるように、それに勝つサリーがより戦闘プランの組み立てを重要視しているのは当然だ。

メイプルもサリーから。いや、理沙から。何度かそんな話を聞いたことがあったはずだ。

ただ、いつの間にかそんな話をすることは無くなっていったような。

「メイプルー？」

「あ！　ごめんごめん」

「考えごとー？」

「うん、ちょっと」

「……今日は負けたし、私はメイプルには勝てなそうだけどー。ギルド対抗戦では負ける気はないからねー」

「こっちこそ……あれ？　でも対抗戦って」

「ログインできなくなるかもって頃までにはないけどー。ほら、時間加速下のイベントへの参加時間くらいなら作れそーじゃない？」

「確かにそうかも！」

「むふふー、レベル差つけて待ってるからねー」

「こっちもできるだけ防御力上げて頑張る！」

「……防御力はもういらない気がするけどー、まあいっか」

その後二人は、サリーとフレデリカのこれまでの決闘の内容についてまだ少し話をして、のんびりと過ごすのだった。


「じゃねー。今度はサリーを倒しにくるからー」

「ばいばーい！」

しばらく話したのち帰っていくフレデリカに手を振って、メイプルはさてこの後はどうしようかと考える。

元々の予定通りレベル上げ、もしくは十層以外の探索に切り替えるというのもなくはない。

これまでの層にも、まだまだたくさん眠っているものがあるのは間違いない。

そんな悩めるメイプルだったが、ちょうど一通のメッセージが届いたことでやりたいことが決まり、ギルドホームを出て歩いていく。メイプルがメッセージで示された場所まで行くと、そこには見覚えがある人物が立っていた。

「ミィー！」

「……早かったね、予定とか大丈夫だった？」

ミィは周囲を確認すると、メイプルにこそっと話しかける。メイプルはレベリングをするかどうか悩んでいた程度だったため、問題ないと返して、詳しい話を聞くことにした。

「この辺りで、一緒に行きたい場所ってどんなところ？　あ、毒のボスのところとか？」

「今回はそういうのじゃなくて……強いボスとのバトルとかがあるわけじゃないんだけど、単純に一回メイプルにも見せたいなって思って」

「えー、何だろう……むむむ」

見せたいものと言われてもこれだけの情報では絞りきれない。ミィ曰《いわ》く一層エリアにあるとのことだが、クエストをこなす過程でそれらしいものを見かけた記憶はなかった。

「ふふっ、何なのかは楽しみにしてて」

「分かった！」

「そんなに遠くないから、イグニスに乗っていけばすぐだよ」

ミィはイグニスを呼び出し巨大化させて、メイプルを乗せ一気に空へと舞い上がる。

「やっぱり速いねー！」

「ここで借りられるドラゴンにも負けないはず。かなり育てたし」

テイムモンスターもレベルを上げれば、そうそう倒されなくなる。レアモンスターはステータスの伸びもいい。

レベルアップによってＡＧＩもぐんと伸びたイグニスは、ミィの言葉通りすごい速度でフィールドを飛び、あっという間に目的地に辿《たど》り着《つ》いて着陸態勢に入った。

目の前には深い森。背が高く幹の太い木々が並び、メイプル達の胴よりも太い蔓《つる》が木々に絡みついて所々道のようになっているジャングルがミィの目的地だったようだ。

「ここからは飛んではいけないようになってるから、蔓の上を歩くしかないんだよね」

「【身捧《ささ》ぐ慈愛】使っておく？」

「うん。あると助かるかも」

「おっけー！」

あくまでここはフィールド。モンスターは出るため、メイプルの防御は役に立つ。

近づいてくるモンスターは、ミィが両手で操る炎によって即焼却され消えていく。

「この辺りのモンスターは炎に弱いからレベル上げに使ってたんだけど、そしたら偶然見つけてさー」

「【炎帝】！」

草木や花でできたモンスター達はいかにも炎に弱そうで、その見た目通りミィの火球によってほぼ一撃で消滅していく。

メイプルは無理に兵器での援護をする必要もないと、ミィを守ることだけ意識して隣を歩く。

太い蔓の上を歩いているとはいえ足場は良くない。落ちてしまわないように気をつけつつ、メイプルはミィがモンスターを倒すところを見ていた。蔓から枝へ、木から木へ。橋のようになった蔓を渡って渡って二人はどんどん上まで行く。

「結構上まで来たねー」

「落ち……てもメイプルなら戻って来れるから大丈夫か」

【機械神】があるからね！」

「そうだよね。っとと、この辺り……来た！」

ミィが指差した先、空中へ続く緑の葉の形をした光の上を、白い毛玉のような何かが跳ねていく。

ミィは躊躇《ちゅうちょ》なく後を追って空中へ飛び出すと、葉の上に着地する。

「メイプル！　ほらこっちこっち！」

ミィが手を伸ばしてメイプルを待つ。メイプルは少し助走をつけて蔓からジャンプし。

届かずに手前ですとーんと落下した。


「メイプル⁉」

「か、【カバームーブ】！」

自由落下に入った体がスキルの効果で急上昇し、ミィの隣でピタッと止まる。

「あ、危なかったあ……」

「こっちもびっくりしちゃった。メイプルはそれでついてきた方が安全かも」

「そうだね」

「じゃあこのまま行こう。あんまり遅いと消えちゃうみたいなんだ」

「分かった！」

ミィのジャンプに【カバームーブ】でくっついていき、二人はどんどん上へ上へ進んでいく。

そうして辿り着いたのは一本の木の真上。ゆっくりと下方向へ続いていく木の葉形の光を飛び移っていくと、生い茂る他の木々の葉に隠れていた、中が空洞になった枯れた大木が視界に飛び込んでくる。

「もう後ちょっとだよ」

「おー……すごいところだね」

螺旋《らせん》階段のように幹に沿う足場を下りて地面までたどり着くと、道案内のように前をぴょんぴょん跳ねていた白い毛玉は、一際大きく跳ねて地面に緑の魔法陣を生み出す。

二人がそれを見守る中、魔法陣はここと別世界とを繋《つな》ぐ扉となって、毛玉を光に包んで転移させた。

「メイプル、一緒に乗ろう」

「隠しエリア？」

「そうっぽいんだけど……んー、まあ行ってみてからのお楽しみってことで」

もったいぶるミィに、メイプルはこの先に何が待っているのか楽しみにしつつ、手を引かれて魔法陣に飛び乗る。緑の光が二人を包み込み、眩《まぶ》しいほどの輝きが視界を覆いつくす。そうしてその光が収まった所で辺りの景色が鮮明になってくる。

木漏れ日溢《あふ》れる森の中、穏やかな風が木の葉を揺らして音を立てている。メイプルの前にはいくつか道が伸びており、ここからどっちへ進めばいいのかとミィの方を向いたその時。

「にゃあん」

足元から聞こえた鳴き声。メイプルが目線を落とすと、そこには真っ白な長毛の猫が一匹、ちょこんと座ってこちらを見上げていた。

メイプルと目が合うと、ぴょんと飛んだ白猫はメイプルの方に飛び乗ったかと思うと、そのまま首元から頭にかけて体重を預けて落ち着いてしまった。

「わわっ……落ちちゃったりしないよね？」

「大丈夫大丈夫、それに……もっと来るよ」

「え？」

「みゃあお！」

メイプルの上にずっしりと乗ったままの白猫が一つ鳴き声を上げると、ガサガサと茂みが揺れて次々に猫が飛び出してきた。

「わー！」

「すごいでしょ！」

「うん！　かわいいー！　ふむふむ、ミィの猫センサーもなかなかですねえ」

「ね、猫センサー……？　まあ運良くいいところを見つけられたんだ。来るのもそんなに大変じゃないし」

ミィの上にもメイプルと同じく猫が飛び乗り、さらに自分で抱き上げて、それでもなお足元は猫まみれだ。

「……で、これってどんな隠しエリアなの？」

「……分かんない。森の猫カフェ？」

「ええっ？」

ミィ曰く、何度かここへ来ているものの、今のところ収穫は『とても癒される』ことだけのようだ。

足元に猫を引き連れてミィの先導で森の中を歩く。そうしているうちにも、辺りの茂みからは次々に猫が飛び出してきて二人の後をついてくる。

「わざわざ転移までしてるし、隠しイベントがあるとしても何か他に条件があるのかも。っていっても何なのかは全然見当つかないんだけどね」

「来るのは結構簡単だもんね」

「そうそう。ここまでの道もちゃんと探索すれば見つかるくらいだし。まあでも……」

ミィは少し考えるような素振りをした後、幸せそうな笑みを浮かべる。

「別にイベントとかなくてももう十分満足ではあるんだけど」

「あはは、そうだね。ミィすっごく幸せそう」

にゃあにゃあと鳴き声が響く中、森の奥へと進んでいった二人。そんな二人が目にしたのは。

「おっきい……」

「すごいよね……」

ひだまりの中眠そうに大きな欠伸をする白猫。といっても、最初に足元にいて今もメイプルの頭に乗ったままの白猫とは訳が違う。

何が違うか。サイズだ。

家かと思うほどの巨体はシロップの【巨大化】状態よりもなお大きいだろう。

ふさふさの長毛は一本一本が二人の背丈以上の長さだ。

「何かありそうじゃない？」

「ありそう……」

「でも今日は特に何も予定ないからいつも通り埋もれにきただけなんだけどね」

そう言うと、ミィはスタスタと歩いていき大猫のお腹の部分にぽすっと埋もれて幸せそうに横になった。

「私も！」

メイプルもミィの隣に飛び込んで、柔らかな毛に包まれる。

「この子が起きたら元の森に戻っちゃうんだ。それまではのんびりできるよ」

二人はついてきた猫を撫《な》でながら、最近の話をする。

「私は今は八層エリアにいるよ」

「そうなんだ。ちょっと意外かも」

八層エリアは水没都市。炎使いのミィにとっては相性の悪い場所ではある。

「今は皆探索熱も高まってるし、手を貸してくれる人が多いうちに苦手なところはクリアしておこうと思って」

「なるほどー」

「でもメイプルはしばらくログインできなくなるのかあ、ちょっと寂しいな」

「時間加速下のイベントは行けるんじゃない、ってフレデリカと話してた」

「確かに……むむ、じゃあ大事なイベントでは結局ライバルは健在かあ」

「えー？　もー、どっちなの？」

「もちろん、一緒に遊べる方がいいに決まってるでしょ。それに、今度こそ負けないからね」

「こっちも頑張る！」

「うん。【楓《かえで》の木】は十層はどう？」

「魔王に挑戦したくて皆で探索中！　『魔王の魔力』も一つ手に入れたよ！」

「いいねー。もし必要ならいつでも手伝うからね。ほら、やっぱり間に合わなかったらちょっと残念だし、メイプルと魔王どっちが本物か見てみたいし」

「本物？」

「この世界に魔王は二人もいないはずってねー」

「……私のこと？」

「時々そんな風に呼ばれてたりするよ。大体あのスキルとかあのスキルとかのせいだろうなあ」

元よりメイプルが呼び出すものや持っている効果はまさに魔王と言っていいものだったが、最近その呼び名がより広まったのは、やはり前回のイベントでの大立ち回りによるところが大きいだろう。

「流石にあの城の落とし方はね。私も直で見たかったなあ」

人を生贄《いけにえ》に召喚した化物で王城を破壊。これだけ聞けばゲームに出てくる魔王のやっていることと大差はない。

「今度は味方として使ってるところ見たいな。マルクスの召喚とも相性いいはずだし」

「それだったらたくさん呼び出せるかも！」

「こっちもどこかで力借りれたら借りたいなあ」

「うん！　まっかせて！」

「ありがとう！　……あ、そろそろかも」

もたれかかっていた大猫が動き出してぐっと体を伸ばすと、メイプル達も支えを失ってするんと地面に滑り落ちる。

辺りに降り注ぐ木漏れ日が強くなって、白い光に包まれていく。響くような少し低い声で大猫が鳴き声を上げるとともに、二人の視界は完全に白に染まるのだった。

◆□◆□◆□◆□◆

後日。楓と理沙《りさ》は学校の帰り道を二人歩いていた。今日は二人で三層エリアの探索を開始する予定なのだ。

「へえ、フレデリカと決闘したんだ」

「うん！　上手く作戦が決まったよ！　っていっても……【再誕の闇】と【古代ノ海】に頑張ってもらっただけなんだけど」

「凶悪コンボだなあ……」

メイプルにはいくつかスキルコンボがある。それは前述のものだったり、【パラライズシャウト】からの毒攻撃だったり。どれも致命傷を与え得るもので、強烈な制圧能力を持つ。

「フレデリカだと【再誕の闇】はきついかなあ」

何度も決闘しているだけあって、理沙はフレデリカの性能を隅から隅まで知っている。前衛がいない状況で、高耐久高火力の化物複数体を相手取れるようなスキル構成ではない。

「…………」

フレデリカとの決闘を受けたのなら。

いやそうでなくとも。理沙が頼めば断りはしないだろう。それもあくまで頼めれば、だが。

「その後ね、ミィに誘われて隠しエリアの探索に行ったんだ」

「へー。どんなとこ？」

楓は猫まみれの隠しエリアについて理沙に事細かに伝える。

「なるほど。確かに情報はまだ聞いたことがないし、楓がクエストとかなしで入れたなら隠しエリアっぽいね」

「やっぱり？」

「うん。ミィも言ってたと思うけど、何かの条件があるのかな。流石に猫と触れ合うだけってこともないだろうし。にしても……ミィとはちょっと雰囲気合わないスキルが手に入りそうだけど」

「あ、ああー。そうだね！　そうかも」

「……？　まあ、ともかく。私もちょっと調べてはみようかな。せっかくの楓の他ギルドとの交流だし、イベントの進展につながる物を見つけてあげられるといいよね」

「うん！」

「それに、それなら楓もまた強くなるし一石二鳥って感じで！」

「うんうん！」

二人の予定が合わないタイミングは、それぞれ脇道に逸れて探索済みエリアの隠しエリアの探索やレベリングをしている。

その最優先目標をあの猫エリアに設定することにしたのである。

「にしても、楓の交友関係も広がったねー」

「うん！　皆いい人ばっかりで安心したよー」

いい人なだけでなく、誰も彼もがトッププレイヤーだ。ちょうど今話題に上がったフレデリカ然り、ミィ然り、困った時に手を貸してもらう相手には事欠かないだろう。

「で、これはちょっと申し訳ないんだけど、思ったより勉強しなさいって感じでさー。今日は行けるけど、結局途中は楓の好きなように攻略してもらうことになるかも……」

「そうなの？」

楓が聞き返すと、理沙は残念そうな表情を浮かべて小さく頷《うなず》く。

「好きなように……」

「うん。楓が楽しめるのが一番。元々そのために誘ったんだしね」

理沙に合わせて楓もタイムリミット、十層攻略も中途半端に終わってしまいました、では不完全燃焼になってしまう。理沙はそんな風にはなってほしくなかったのだ。

「じゃあ理沙を待とうかな」

「えっと……」

「えへへ、好きなようにするもん」

思っていた答えと違ったことで少し足を止めた理沙の一歩前に出た楓は、笑顔で振り返る。

「それにー、理沙が誘ったんだから最後まで一緒にやってくれないと。ねっ！」

「そっか……そうだね」

「そうそう！　それにそんな風に言うなら、一緒にもっと勉強もして大丈夫にしよう！」

「うん。それじゃあ、もうちょっと力入れて勉強やっておきますか」

「頼んだよ、理沙君」

「任せておきたまえ、楓君」

こうやって悪い風に考えてしまうのは良くない癖だと理沙は先程の考えを頭から追い出すように首を横に振る。

どうせやるなら最後まで楽しく。そう思って十層に入ったばかりではないか。

「次の模試では高得点並べてあげるから、まあ見ててよ」

「頑張って！　理沙はやる気さえあればすごいんだから！」

「ふふっ、五割増しで頑張るよ」

迷って悩んでいる時間がもったいない。今日だってこれから三層エリアの攻略なのだ。

どっちも完璧《かんぺき》にやればいい。それができれば細かいことなど考える必要もない。

「じゃあ今日はこの後……」

「うん！　『NewWorld Online』で！」

二人は一旦《いったん》別れを告げると、改めて今度はメイプルとサリーとしてゲーム内で会う約束をして、足早に家まで帰っていくのだった。

# あとがき

ふと目について十六巻を手にとってくださった方にははじめまして。既刊から続けて読んでくださっている方には応援し続けてくださったことに深い感謝を。

どうも夕蜜柑《ゆうみかん》です。

防振りも十六巻となりました。

ＴＶアニメも無事最終話まで放送されましたが、楽しんでいただけたでしょうか？　そうだといいなと思っています。二期ということで、自分自身一期より落ち着いてアニメを楽しめました。こんな貴重な体験が二度もできるだなんて本当に幸せです。

たくさん元気をもらえたので書籍の方も頑張っていきたいと思います。

そうしているうち、またいつか良い知らせを届けられればと。

まだまだ頑張っていきますので！　引き続き応援よろしくお願いいたします！

そして、いつかの十七巻でお会いできる日を楽しみにしています！

夕蜜柑

カドカワBOOKS

痛《いた》いのは嫌《いや》なので防御力《ぼうぎょりょく》に極振《きょくふ》りしたいと思《おも》います。16

2023年8月10日　初版発行

著者／夕蜜柑《ゆうみかん》

発行者／山下直久

発行／株式会社KADOKAWA

〒102-8177
東京都千代田区富士見2-13-3
電話／0570-002-301（ナビダイヤル）

編集／カドカワBOOKS編集部

印刷所／大日本印刷

製本所／大日本印刷


ISBN 978-4-04-075096-5 C0093